BONEQUINHA DE LUXO

TRUMAN CAPOTE

Bonequinha de luxo

Tradução
Samuel Titan Jr.

5ª *reimpressão*

Copyright © 1950, 1951, 1956, 1957, 1958, 1960 by Truman Capote
Copyright renovado © 1978, 1979, 1984 by Truman Capote
Copyright renovado © 1986 by Alan U. Schhwaaetz

Tradução publicada mediante acordo com Random House Trade Publishing,
uma divisão de Random House, Inc.

Grafia atualizada segundo o Acordo Ortográfico da Língua Portuguesa de 1990,
que entrou em vigor no Brasil em 2009.

Título original
Breakfast at Tiffany's

Capa
Raul Loureiro

Foto de capa
Hulton Archive/ Getty Images

Foto de quarta capa
Truman Capote
© Robert Capa © 2001 by Cornell Capa/ Magnum Photos

Preparação
Valéria Franco Jacintho

Revisão
Isabel Jorge Cury e Otacílio Nunes

Atualização ortográfica
Verba Editorial

Dados Internacionais de Catalogação na Publicação (CIP)
(Câmara Brasileira do Livro, SP, Brasil)

    Capote, Truman, 1924-1984
    Bonequinha de luxo / Truman Capote ; tradução Samuel Titan Jr.
— 1ª ed. — São Paulo : Companhia das Letras, 2005.

    Título original: Breakfast at Tiffany's.
    ISBN 978-85-359-0756-8

    1. Romance norte-americano I. Título.

05-7780   CDD-813

Índice para catálogo sistemático:
1. Romances : Literatura norte-americana   813

Todos os direitos desta edição reservados à
EDITORA SCHWARCZ S.A.
Rua Bandeira Paulista, 702, cj. 32
04532-002 — São Paulo — SP
Telefone: (11) 3707-3500
www.companhiadasletras.com.br
www.blogdacompanhia.com.br
facebook.com/companhiadasletras
instagram.com/companhiadasletras
twitter.com/cialetras

Para Jack Dunphy

Sumário

Bonequinha de luxo, 9
Uma casa de flores, 97
Um violão de diamante, 115
Memória de Natal, 129

Bonequinha de luxo

Sempre volto aos lugares em que vivi, às casas e à vizinhança. Por exemplo, costumo voltar a um prédio de tijolos na altura da rua 70, no lado leste da cidade, onde, nos primeiros anos da guerra, tive meu primeiro apartamento em Nova York. Era um cômodo apenas, apinhado de móveis velhos, com um sofá e poltronas gorduchas, forrados com certo veludo vermelho e pinicante que combina bem com dias quentes num vagão de trem. As paredes eram de estuque, cor de tabaco mascado. Em toda parte, inclusive no banheiro, havia gravuras de ruínas romanas, sarapintadas de marrom pelo tempo. Mesmo assim, meu ânimo melhorava sempre que eu apalpava a chave do apartamento no bolso; por soturno que fosse, era o meu canto, o primeiro, e lá estavam meus livros e potes cheios de lápis a serem apontados; tudo de que precisava — pelo menos era o que eu pensava — para me tornar o escritor que eu desejava ser.

Naquela época, jamais pensei em escrever sobre Holly Golightly e provavelmente não teria pensado agora, não fosse por uma conversa com Joe Bell que pôs em movimento todas as recordações que tenho dela.

Inquilina desse prédio, Holly Golightly ocupava o apartamento logo abaixo do meu. Quanto a Joe Bell, ele tocava o bar da esquina com a avenida Lexington; continua por lá. Holly e eu costumávamos ir até o bar seis ou sete vezes ao dia, não para beber, pelo menos nem sempre, e sim para telefonar: durante a guerra, era difícil conseguir um telefone particular. Além do mais, Joe Bell anotava recados, o que, no caso de Holly, era um favor e tanto, pois havia muitos recados para ela.

É claro que tudo isso foi há muito tempo e, até a semana passada, fazia muitos anos que eu não via Joe Bell. Nós nos falávamos de vez em quando, e ocasionalmente eu aparecia no bar, quando estava de passagem pela vizinhança; mas a verdade é que nunca fomos grandes amigos, a não ser na medida em que ambos éramos amigos de Holly Golightly. Joe Bell não é um sujeito fácil, isso ele mesmo admite, diz que é assim por ser solteirão e ter azia. Todo mundo que o conhece pode confirmar que é difícil conversar com um sujeito como Joe. Chega a ser até impossível no caso de quem não compartilha as fixações dele; Holly é uma delas. As outras são: hóquei no gelo, cães weimaraner, *Our gal Sunday* (uma novela que acompanha há anos) e Gilbert e Sullivan — ele se diz parente de um ou do outro, não lembro de qual.

Sendo assim, quando o telefone tocou na terça-feira passada, tarde da noite, e ouvi: "Oi, aqui é Joe Bell", eu sabia que só podia ser sobre Holly. Ele não disse nada além de: "Você pode dar um pulo aqui? É importante", com um grasnido de excitação na voz de sapo.

Tomei um táxi embaixo de uma tempestade de outubro e no caminho até pensei que talvez ela estivesse lá, que talvez eu fosse encontrar Holly mais uma vez.

Mas não havia ninguém no local, exceto o proprietário. O bar de Joe Bell é um lugar tranquilo em comparação com outros bares da avenida Lexington. Não há neon nem televisão por perto. Dois espelhos antigos refletem o tempo lá de fora; e, atrás do balcão, num nicho circundado por fotografias de astros do hóquei no gelo, há sempre um grande vaso de flores frescas que o próprio Joe Bell arruma com o esmero de uma dona de casa. Era o que ele estava fazendo quando entrei.

"É claro", ele disse, enfiando bem fundo um gladíolo no vaso, "é claro que eu não faria você vir até aqui se não precisasse da sua opinião. É estranho. Uma coisa bem estranha aconteceu."

"Teve notícias de Holly?"

Ele apalpou uma folha, como se não soubesse bem como responder. Sujeito baixo, com uma bela cabeleira branca e eriçada, Joe tem um rosto ossudo, que ficaria melhor em alguém bem mais alto; a tez, permanentemente bronzeada, parece mais vermelha agora. "Não posso dizer exatamente que tive notícias. Quer dizer, não sei bem. É por isso que preciso da sua opinião. Mas primeiro vou preparar um drinque para você. Uma coisa nova. Chamam de Anjo Branco", ele disse, misturando uma dose de vodca e uma de gim, sem vermute. Enquanto eu bebia a mistura, Joe Bell bebericava um antiácido e matutava sobre o que tinha a me dizer. Então: "Você se lembra de I. Y. Yunioshi? Um senhor japonês?".

"Que tinha vindo da Califórnia", respondi, lembrando-me perfeitamente do sr. Yunioshi; é fotógrafo de uma revista. Quando o conheci, morava num estúdio na cobertura do prédio.

"Não me confunda. Só estou perguntando se você sabe de quem estou falando. Ok. Pois bem, ontem à noite, não é que esse mesmo I. Y. Yunioshi me entra aqui do nada? Acho que não o vejo há mais de dois anos. E onde você acha que ele esteve nesses dois anos?"

"Na África."
Joe Bell parou de esmagar a latinha de antiácido, seus olhos se estreitaram. "Mas como você sabia?"
"Li no jornal, na coluna de Winchell." Coisa que eu de fato fizera.
Ele abriu a caixa registradora e sacou um envelope de papel manilha. "Quero ver se você leu isto no Winchell."
No envelope havia três fotografias, mais ou menos da mesma cena, tiradas de ângulos diferentes: um negro alto e esguio, vestindo uma camisa de calicô, com um sorriso tímido mas vaidoso, exibia nas mãos uma estranha escultura de madeira: um busto alongado de mulher, de cabelos lisos e curtos como os de um rapazola, olhos de madeira polida, grandes e enviesados demais para o rosto cônico, a boca larga, protuberante como os lábios de um palhaço. De relance, parecia uma escultura bem primitiva; mas não era nada disso, pois ali estavam, sem tirar nem pôr, as feições de Holly Golightly, até onde um troço escuro e sem vida podia alcançar.
"E o que me diz disso?", Joe Bell perguntou, satisfeito por me ver pasmo.
"Parece com ela."
"Escute, rapaz", ele deu um tapa no balcão, "essa *é* ela. Aposto as minhas calças. O japinha percebeu na hora em que viu."
"Ele a viu? Na África?"
"Bem, só a estátua. Mas dá na mesma. Leia você mesmo", ele disse, virando uma das fotografias. No verso estava escrito: "Escultura em madeira, Tribo S, Tococul, East Anglia, Natal de 1956."
Joe continuou: "O que o japonês disse foi o seguinte...", e a história era esta: no dia de Natal, o sr. Yunioshi estava com a sua câmara em Tococul, uma aldeia perdida nos cafundós e

sem nenhum interesse, apenas uma aglomeração de cabanas de barro com macacos na frente e abutres nos telhados. O homem já se decidira a seguir adiante quando, de repente, viu um negro acocorado diante de uma porta, entalhando macacos num cajado. O sr. Yunioshi ficou impressionado com o trabalho dele e pediu para ver outras peças. Foi então que lhe mostraram o busto feminino, e ele teve a sensação, conforme contara a Joe Bell, de que estava entrando num sonho. Mas, quando tentou comprá-la, o negro escondeu suas partes com uma das mãos (ao que consta, um gesto compassivo, comparável a um tapinha nas costas) e disse que não. O sr. Yunioshi ofereceu meio quilo de sal e dez dólares; um relógio de pulso, um quilo de sal e vinte dólares, mas nada demoveu o negro. Fosse como fosse, o sr. Yunioshi estava decidido a saber como a escultura fora feita. Com o sal e o relógio, pagou para ouvir a história, que foi relatada em africano, inglês macarrônico e todo tipo de gesto. Parece que, na primavera daquele ano, um grupo de três pessoas a cavalo surgira do meio da mata. Uma moça e dois homens. Os homens, ambos com olhos vermelhos de febre, ficaram várias semanas trancados e tremelicando numa cabana isolada, ao passo que a moça, que logo se engraçara com o entalhador, dividira uma esteira com ele.

"Não ponho muita fé nessa parte", Joe Bell disse, com ar de melindre. "Sei que ela fazia das suas, mas duvido que chegasse a esse ponto."

"E então?"

"Então, nada", deu de ombros. "No final das contas, ela foi embora do jeito que chegou, a cavalo."

"Sozinha ou com os dois homens?"

Joe Bell piscou os olhos. "Com os dois, eu acho. O japonês perguntou dela em toda parte. Mas ninguém mais a tinha visto." Quando chegou a essa parte da história, Joe provavelmente notou a minha decepção, e não quis se dar por achado. "Uma coisa é certa, são as primeiras notícias *de verdade* em sabe Deus quantos...", contou nos dedos, mas não foram suficientes, "...anos. Só espero que ela esteja rica. Deve estar rica. Só pode estar rica para sair vadiando pela África."

"Provavelmente ela nunca pôs os pés na África", respondi, a sério; mas bem que eu conseguia imaginá-la por lá, é o tipo de lugar para onde ela iria. E o busto esculpido: olhei de novo para as fotografias.

"Já que você sabe tudo, onde é que ela está?"

"Morta. Ou num manicômio. Ou casada. Acho que está casada e sossegada, talvez morando por aqui mesmo."

Ele pensou por um momento. "Não", disse, balançando a cabeça. "Vou lhe dizer por quê. Se estivesse por aqui, eu a teria visto. Imagine um sujeito que gosta de andar, um sujeito feito eu, um sujeito que anda pelas ruas há dez, doze anos, todo esse tempo de olho numa mesma pessoa, sem nunca dar com ela — ela só pode estar longe daqui, não? Vejo partes dela o tempo todo, é um traseirinho chato que passa, uma garota magricela que anda reta e rápido..." Joe fez uma pausa, notando como eu olhava fixamente para ele. "Você acha que estou trocando as bolas?"

"Eu só não sabia que você era apaixonado por ela. Não a esse ponto."

Eu me arrependi de ter dito isso, ele se desconcertou. Juntou as fotografias e as guardou novamente no envelope. Olhei para o relógio. Não tinha nenhum compromisso, mas achei melhor sair de lá.

"Espere", ele disse, segurando meu punho. "É claro que eu a amava. Mas não que eu quisesse tocá-la." E acrescentou, sem sorrir: "Não é que eu não pense nesse tipo de coisa, mesmo na minha idade, e olhe que vou fazer sessenta e sete no dia 10 de janeiro. É engraçado, mas, quanto mais velho fico, mais e mais penso nisso. Não lembro de pensar tanto assim quando era rapaz, e o negócio funcionava noite e dia. Pode ser que, quanto mais velho a gente fica, quanto mais difícil é chegar às vias de fato, mais a coisa fica trancada na cabeça e vira um peso. Quando leio no jornal sobre algum velho dando vexame, sei que é o tal do peso. Mas", serviu para si mesmo uma dose de uísque e virou de uma vez, "não vou dar vexame. E juro que isso nunca me passou pela cabeça com Holly. Você pode amar alguém desse jeito também. Amar uma estranha, uma estranha que também é uma amiga."

Dois homens entraram no bar, parecia o momento de ir embora. Joe Bell me acompanhou até a porta. Segurou meu punho de novo. "Você acredita?"

"Que você não quis tocar nela?"

"Estou falando da África."

Naquele instante, eu mal conseguia recordar a história, apenas a imagem dela partindo a cavalo. "De todo jeito, ela foi embora."

"É...", ele disse, abrindo a porta. "Simplesmente foi embora."

Do lado de fora, a chuva havia parado, só restava uma neblina no ar, de modo que dobrei a esquina e fui descendo a rua do tal prédio de tijolos. No verão, as árvores dessa rua projetam padrões curiosos sobre o calçamento; mas naquele dia, as folhas amareladas estavam quase todas no chão, escorregadias por causa da chuva, deslizando sob os pés. O prédio fica no meio do quarteirão, ao lado de uma igreja com um relógio azul. Dos meus tempos para cá, o edifício recebeu algum trato; uma porta preta e vistosa substituiu o antigo vidro fosco, postigos acinzentados e elegantes enquadram as janelas. Ninguém de quem eu me lembre vive ali, exceto madame Sapphia Spanella, uma soprano rouca que toda tarde saía para patinar no Central

Park. Sei que ainda mora ali porque subi os degraus da entrada e espiei as caixas de correio. Foi uma dessas caixas que primeiro chamou minha atenção para Holly Golightly.

Fazia mais ou menos uma semana que eu morava no prédio quando notei que a caixa de correio pertencente ao apartamento 2 tinha um cartão curioso metido no caixilho. Nele estava impresso, num estilo formal, à la Cartier: *Srta. Holiday Golightly*; e mais abaixo, no canto: *Viagens*. Aquilo me perseguia como um estribilho: *Srta. Holiday Golightly, Viagens*.

Certa vez, bem depois da meia-noite, acordei ao som do sr. Yunioshi gritando escada abaixo. Como ele morava no último andar, sua voz ressoava por todo o prédio, exasperada e severa. "Srta. Golightly! Eu protesto!"

A voz que respondeu, subindo do fundo do poço da escada, fazia-se de bobinha e brejeira. "Ah, meu querido, você *precisa* me desculpar. Perdi a maldita chave."

"Mas não se pode tocar a campainha toda noite. Por favor, por favor, mande fazer uma nova chave."

"Mas eu perco todas."

"Eu trabalho, preciso dormir", o sr. Yunioshi gritou. "Mas com a campainha tocando..."

"Ah, só não vá ficar com *raiva* de mim, *queridinho*: prometo não fazer mais isso, *nunca* mais. E se você prometer que não vai ficar com raiva...", a voz se aproximava, subindo os lances, "pode até ser que deixe você fazer *aquelas* fotos."

Àquela altura eu já tinha me levantado da cama, então entreabri a porta. Dava para ouvir o silêncio do sr. Yunioshi; emprego *ouvir*, porque se percebia uma mudança audível na respiração.

"Quando?", ele perguntou.

A moça soltou uma risada. "Um dia desses", ela respondeu, arrastando as palavras.

"Quando quiser", ele disse e fechou a porta.

Fui até o corredor e me inclinei por cima do corrimão o suficiente para ver sem ser visto. Ela ainda estava na escada; chegou ao patamar, e a miscelânea de cores de seus cabelos de garoto — loiros, com veios castanho-claros e faixas de amarelo-palha — capturou a luz do corredor. Era uma noite quente, quase de verão, e ela estava com um vestido preto, ligeiro e elegante, sandálias pretas e gargantilha de pérolas. Apesar da magreza sofisticada, tinha um ar de saúde mantida à base de cereais no café da manhã, um frescor de limpeza feita com sabonete e limão, um viço rosado e rústico nas bochechas. A boca era larga; o nariz, arrebitado. Um par de óculos escuros obliterava os olhos. Era um rosto para lá da infância, mas para cá de uma mulher. Calculei que tivesse entre dezesseis e trinta anos; conforme vim a saber, estava a dois meses dos dezenove.

Não estava sozinha. Atrás dela vinha um homem. O modo como sua mão gorducha segurava a cintura dela parecia inadequado; não moral mas esteticamente falando. Ele era baixo e corpulento, bronzeado e engomado; usava terno risca de giz com ombreiras e um cravo murcho na lapela. Quando chegaram à porta, ela remexeu na bolsa à procura de uma chave, e não deu a menor atenção aos lábios carnudos que fuçavam sua nuca. Mas, enfim, encontrando a chave e abrindo a porta, disse-lhe cordialmente: "Deus lhe pague, meu querido, você foi muito gentil de me trazer até em casa".

"Ei, docinho!", ele dizia, enquanto a porta se fechava na sua cara.

"Sim, Harry?"

"Harry era o outro. Meu nome é Sid. Sid Arbuck. Você gosta de mim?"

"Eu adoro você. Mas boa noite, sr. Arbuck."

O sr. Arbuck olhava incrédulo a porta que se fechava com firmeza. "Ei, docinho, me deixe entrar. Você gosta de mim, docinho? Todo mundo gosta de mim. Pois eu não fiz o cheque... cinco pessoas, *seus* amigos... que eu nunca vi na vida? Isso não me dá o direito de você gostar de mim? Você gosta de mim, docinho."

Ele bateu de leve na porta, depois mais alto; por fim, deu vários passos para trás, arqueado e agachado, como se quisesse arremeter, deitar a porta abaixo. Em vez disso, precipitou-se pela escada, esmurrando a parede. Justo na hora em que chegou ao térreo, a porta do apartamento da moça se abriu, e ela pôs a cabeça para fora.

"Ah, sr. *Arbuck*..."

Ele se voltou, com um sorriso de alívio lambuzando o rosto: fora tudo brincadeira.

"Aceite o meu conselho, querido: da próxima vez que uma garota pedir um troco para o toalete", ela disse, sem sombra de brincadeira, "*não* dê vinte centavos!"

Ela cumpriu a promessa que fizera ao sr. Yunioshi; ao menos presumo que não tenha voltado a tocar a campainha dele, pois, nos dias que se seguiram, começou a tocar a minha, às vezes às duas, três ou quatro da madrugada: não tinha pruridos quanto à hora em que me tirava da cama para apertar o botão que abria a porta do prédio. Como eu tinha poucos amigos, e nenhum que chegasse tão tarde, eu já sabia que era ela. Mas, nas primeiras vezes, eu ia até a porta, meio que temendo más notícias, um telegrama; e a srta. Golightly dizia lá de baixo: "Desculpe, querido, esqueci a chave".

Não nos conhecíamos, evidentemente. Se bem que, na verdade, volta e meia déssemos de cara um com o outro, na escada, na rua; mas ela parecia não me ver muito bem. Nunca tirava os óculos escuros, estava sempre bem-arrumada, havia um bom gosto coerente na simplicidade das roupas, nos azuis e cinzas e na falta de brilhos, que faziam que ela mesma resplandecesse. Podia ser modelo fotográfico, talvez uma jovem atriz, se não fosse óbvio, a julgar por seus horários, que não tinha tempo para ser nada disso.

De vez em quando, eu a encontrava fora da vizinhança. Numa ocasião, um parente em visita me levou ao restaurante 21; e lá, numa mesa de primeira, cercada por quatro homens, nenhum dos quais o sr. Arbuck, mas todos equivalentes a ele, estava a srta. Golightly, lânguida e publicamente ajeitando os cabelos; e sua expressão, um bocejo virtual, acabou por amortecer meu alvoroço com o jantar num lugar tão badalado. Numa outra noite, em pleno verão, o calor no meu quarto me expulsou para as ruas. Desci a Terceira Avenida até a rua 51, onde havia um antiquário com um objeto que eu admirava exposto na vitrine: uma gaiola palaciana, uma mesquita de minaretes e salões de bambu, pedindo para serem ocupados por papagaios tagarelas. Mas o preço batia nos trezentos e cinquenta dólares. Voltando para casa, notei uma multidão de taxistas diante do bar de P. J. Clark, aparentemente atraídos por um grupo de oficiais australianos que entoavam *Waltzing Matilda*. Enquanto cantavam, revezavam-se para rodopiar com uma moça no calçamento logo abaixo dos trilhos elevados do metrô; e a moça, a srta. Golightly em pessoa, flutuava de braço em braço, leve como um lenço.

Mas se a srta. Golightly continuava a ignorar minha existência, exceto como acessório doméstico, ao longo do verão me tornei uma verdadeira autoridade no que lhe dizia respeito. Descobri, observando a lata de lixo junto à sua porta, que suas leituras costumeiras consistiam em tabloides, prospectos de turismo e mapas astrais; que fumava cigarros exóticos, chamados Picayune; sobrevivia à base de ricota e torrada dietética; que seus cabelos multicoloridos eram parcialmente de fabricação própria. A mesma fonte evidenciava que recebia dúzias de cartas. Eram sempre rasgadas em tiras parecidas com marcadores de livro. Às vezes, eu mesmo passava e apanhava um marcador. *Lembre-se, senhorita, chuva, escreva, por favor, maldita* e *para o inferno* eram as expressões mais recorrentes nessas tiras de papel; havia também *sozinho* e *amor*.

A garota ainda tinha um gato e tocava violão. Quando o sol estava muito forte, lavava os cabelos e, na companhia do gato, um bichano ruivo e rajado, sentava-se na escada de incêndio, dedilhando o violão enquanto o cabelo secava. Sempre que ouvia a música, eu ia em silêncio até a janela. Ela tocava muito bem, e às vezes cantava. Cantava no tom rouco e quebrado de um rapaz. Conhecia todos os sucessos dos musicais, Cole Porter e Kurt Weill; gostava especialmente das canções de *Oklahoma!*, que, por serem a novidade daquele verão, eram ouvidas em toda parte. Mas certas canções me intrigavam — onde ela as havia aprendido? de onde essa moça vinha? Canções andarilhas, duras e sentimentais, com letras que cheiravam a pinheiro ou a pradaria. Uma delas dizia: "Não quero dormir, não quero morrer, só quero andar pelos pastos do céu"; e era dessa que ela parecia gostar mais, pois muitas vezes continuava a cantá-la mesmo quando o cabelo já estava seco, com o sol posto e as janelas luzindo no crepúsculo.

Mas nossas relações não ganharam embalo até setembro, até certa noite cortada pelos primeiros arrepios do outono. Eu fora ao cinema, voltara para casa e me metera na cama com um gole de bourbon e o último Simenon: essa era minha ideia de conforto, de modo que não conseguia entender como podia sentir certo incômodo, que ganhou força a tal ponto que pude ouvir meu coração batendo. Era uma sensação que conhecia de ler e escrever sobre ela, mas que eu nunca experimentara. A sensação de ser observado. De ter alguém no meu quarto. Subitamente, uma brusca batida na janela, uma visão cinza e fantasmagórica; derramei o bourbon. Precisei de algum tempo até poder abrir a janela e perguntar à srta. Golightly o que ela desejava.

"Tem um sujeito medonho lá embaixo", ela respondeu, passando da escada de incêndio para o quarto. "Quer dizer, ele é um doce quando não está bêbado, mas é só começar a enxugar o *vino* e, meu Deus, *quel* animal! Se há uma coisa que abomino é um homem que morde." Puxou o roupão de flanela cinza para baixo do ombro e me mostrou o que acontece quando um homem morde. O roupão era tudo que ela vestia. "Desculpe se assustei você. Mas, quando aquele animal ficou insuportável, simplesmente saí pela janela. Acho que ele pensa que estou no banheiro, não que eu dê a mínima para o que ele pensa, ele que vá para o inferno, logo vai cansar e vai dormir, bem que podia, ele virou oito martínis antes do jantar, e tomou vinho suficiente para dar banho em elefante. Escute, pode me pôr para fora, se quiser. É um desplante vir bater assim na sua janela. Mas a escada de incêndio estava um gelo. E você parecia tão aconchegado. Feito o meu irmão Fred. Dormíamos em quatro numa cama, e ele era o único que eu podia abraçar nas noites frias. Aliás, posso chamar você de Fred?" Já estava no meio do quarto, e parou ali, olhando para mim. Eu nunca a vira sem óculos escuros, e era óbvio que eles eram de grau também, pois agora, sem as lentes, os olhos se apertavam, desconfiados como os de um joalheiro. Eram olhos grandes, meio azuis, meio verdes, salpicados de pontos castanhos: multicoloridos, como seus cabelos; e, como seus cabelos, irradiavam um brilho franco e vivaz. "Você deve me achar uma descarada. Ou *très fou*. Ou alguma coisa assim."

"De jeito nenhum."

Ela pareceu desapontada. "Acha, sim. Todo mundo acha. Não me incomoda. É útil."

Sentou-se numa das poltronas oscilantes de veludo vermelho, dobrou as pernas por baixo do corpo e passou a vista pelo quarto, franzindo ainda mais os olhos. "Como é que você suporta viver aqui? É uma câmara de horrores."

"Ah, eu me acostumo a qualquer coisa", respondi, irritado comigo mesmo, pois a verdade é que me orgulhava do lugar.

"Eu, não. Nunca vou me acostumar com coisa nenhuma. Quem se acostuma está morto, e não sabe", seus olhos de censura examinaram novamente o quarto. "Mas o que é que você *faz* aqui o dia inteiro?"

Com um gesto, indiquei a mesa coberta de livros e papéis. "Escrevo."

"Eu pensava que os escritores fossem todos velhos. Se bem que Saroyan não é velho. Eu o conheci numa festa, e ele não é nada velho. Na verdade", ela divagou, "se ele se barbeasse melhor... falando nisso, Hemingway é velho?"

"Deve estar pelos quarenta, acho."

"Nada mau. Não me empolgo com nenhum homem antes dos quarenta e dois. Conheço uma garota idiota que vive me dizendo que eu deveria falar com um *psi*; ela diz que tenho um complexo com o meu pai. Bela *merde*. A verdade é que me *treinei* para gostar de homens mais velhos, e foi a melhor coisa que fiz. Quantos anos tem Somerset Maugham?"

"Não tenho certeza. Sessenta e alguma coisa."

"Nada mau. Nunca fui para a cama com um escritor. Não, calma aí: você conhece Benny Shacklett?", ela enrugou a testa quando fiz que não com a cabeça. "Engraçado. Ele escreveu um monte de coisas para o rádio. *Quel rat*. Mas me diga: você é um escritor de verdade?"

"Depende do que você entende por 'de verdade'."
"Bem, meu querido, alguém *compra* o que você escreve?"
"Ainda não."
"Então vou ajudá-lo. Mesmo. Conheço todo tipo de gente. Vou ajudar porque você se parece com meu irmão Fred. Só que é mais baixo. Não vejo Fred desde os meus catorze anos, quer dizer, desde quando saí de casa, e ele já tinha um metro e oitenta e alguma coisa. Meus outros irmãos são mais do seu tamanho, tampinhas. Foi a manteiga de amendoim que fez Fred ficar tão alto. Todo mundo achava maluquice o jeito como ele se empanturrava de manteiga de amendoim; Fred não queria saber de nada no mundo que não fosse cavalo e manteiga de amendoim. Mas não era maluco, era só bonzinho e distraído, e devagar que só ele; quando fugi, fazia três anos que estava na oitava série. Coitado do Fred. Eu só queria saber se no Exército eles podem comer manteiga de amendoim à vontade. Falando nisso, estou morrendo de fome."

Apontei para uma vasilha cheia de maçãs, ao mesmo tempo que perguntava como e por que ela saíra tão jovem de casa. Ela fixou em mim um olhar vazio e esfregou a ponta do nariz, como se sentisse cócegas; um gesto que, repetido com frequência, eu vim a reconhecer como sinal de invasão. À maneira de muita gente que gosta de ouvir revelações íntimas, ela ficava em alerta diante de qualquer indício de pergunta direta, de expectativa de definição. Mordeu uma maçã e disse: "Fale sobre algum livro que você tenha escrito. Conte a história para mim".

"Esse é um dos problemas. O que escrevo não é um tipo de história que se possa *contar*."

"Muito indecente?"

"Pode ser que um dia desses eu deixe você ler."

"Uísque vai bem com maçã. Prepare um drinque para mim, querido. Depois você mesmo lê uma história para mim."

Pouquíssimos autores, especialmente os inéditos, conseguem resistir a um convite para ler em voz alta. Preparei drinques para nós dois e, acomodando-me na poltrona em frente a Holly, comecei a ler para ela, com a voz um pouco trêmula, numa combinação de entusiasmo e pavor de palco: era uma história nova, eu a terminara no dia anterior, e a inevitável sensação de malogro ainda não tivera tempo de ganhar corpo. Era a história de duas mulheres que dividem uma casa, duas professoras; quando uma delas fica noiva, a outra escreve bilhetes anônimos para espalhar um boato terrível e evitar o casamento da amiga. Enquanto eu lia, cada olhadela furtiva para o lado de Holly fazia meu coração se apertar. Ela se inquietava. Separou as baganas no cinzeiro, cismou com as unhas, como se ansiasse por uma lixa; pior ainda, quando eu achava que havia capturado sua atenção, a verdade é que seus olhos se embaciavam de um modo suspeito, como se ela estivesse ponderando se deveria ou não comprar o par de sapatos que vira em alguma vitrine.

"Mas acaba *assim*?", ela perguntou, despertando. Patinou um pouco até achar o que dizer. "É claro que eu gosto das sapatas. Não me assustam nadinha. Mas histórias de sapatas são uma chatice de morrer. Não consigo me imaginar na pele delas. Ora, ora, meu querido", continuou, já que eu estava obviamente surpreso, "se não é sobre um casal de sapatonas velhas, então sobre o *quê* é a história?"

Eu não estava, porém, nada disposto a somar o erro de ter lido a história ao embaraço de ter que explicá-la. A mesma vaidade que me levara ao fiasco agora me forçava a menosprezar Holly como uma exibicionista desmiolada e insensível.

"Por falar nisso", ela disse, "você por acaso não *conhece* alguma lésbica simpática? Estou procurando uma companheira de quarto. Não ria. Sou tão desorganizada que não tenho como pagar uma empregada; e as sapatonas cuidam de uma casa que é uma maravilha, adoram fazer todo o trabalho, você não precisa nem se preocupar com vassoura, com descongelar a geladeira e lavar roupa. Eu tive uma companheira de quarto quando morei em Hollywood; ela trabalhava em faroestes, era conhecida como Cavaleiro Solitário, e tenho de reconhecer que ela era melhor do que um homem com as coisas da casa. É claro que todo mundo pensava que eu fosse um pouco sapatona também. E é claro que sou. Um pouco todo mundo é. E daí? Nenhum homem desistiu de mim por conta disso, acho até que anima. Veja bem: o Cavaleiro Solitário já casou duas vezes. As sapatas costumam casar uma vez só, por causa do nome. Parece que faz uma bela diferença ser chamada de sra. Fulano de Tal. Mas não é verdade!" Ela mantinha os olhos fixos no despertador em cima da mesa. "Não podem ser quatro e meia!"

A janela ganhava um tom azul. Uma brisa matutina remexia as cortinas.

"Que dia é hoje?"

"Quinta-feira."

"*Quinta-feira!*" Ela se levantou. "Meu Deus!", disse e se sentou novamente, com um gemido. "Que coisa terrível."

Eu estava cansado o bastante para não ser curioso. Deitei-me na cama e fechei os olhos. Mas era irresistível: "O que é que a quinta-feira tem de tão terrível?".

"Nada. É só que não consigo nunca lembrar que está chegando o dia. Veja bem: toda quinta-feira preciso pegar o trem das oito e quarenta e cinco. Eles são muito rígidos com a hora da visita: se você chegar lá às dez, só vai sobrar uma hora até os coitados irem almoçar. Pense só, almoçar às onze. Você até *pode* ir às duas, eu preferiria mil vezes esse horário, mas ele gosta que eu vá de manhã, diz que dá ânimo para o resto do dia. Eu *preciso* ficar acordada", prosseguiu, beliscando as bochechas até o sangue subir, "não dá tempo de dormir, vou ficar com cara de doente, mais caída que um cortiço, não é justo: uma garota não pode ir a Sing Sing com essa cara verde."

"Imagino que não." A raiva que eu sentia por conta da minha história ia diminuindo; ela voltava a me absorver.

"*Todos* os visitantes se esforçam para ficar com a melhor aparência possível, é um amor, uma doçura dos diabos, o jeito que as mulheres vestem o que têm de melhor, quer dizer, as mais velhas; as pobres de verdade fazem o maior esforço para ficarem bonitas e cheirosas também. Também adoro as crianças, ainda mais as de cor. As crianças que chegam com as mulheres, digo. Era para ser triste, ver todas aquelas crianças ali, mas não é, elas vão de laçarote no cabelo e com o sapato bem engraxado, só falta o sorvete; e às vezes a sala das visitas parece mesmo uma festa. De qualquer modo, não é como nos filmes, sabe, com aqueles sussurros tristes através da grade. Não tem grade nenhuma, só um balcão entre a gente e eles, e as crianças podem subir para ganhar um abraço, é só se inclinar para dar um beijo. E o que mais gosto é que as pessoas ficam tão felizes de se verem, juntaram tanta coisa para conversar, não tem como ser chato, ficam o tempo todo rindo e segurando a mão uma da outra. O que acontece depois é outra história", ela disse. "Vejo no trem. Todo mundo quieto, vendo o rio passar." Ela puxou alguns fios de cabelo até o canto da boca e os mordiscou, pensativa. "Estou aborrecendo você. Pode dormir."

"Não, por favor. Estou interessado."

"Eu sei. É por isso que quero que você vá dormir. Porque, se eu continuar, vou acabar contando sobre Sally. Não sei se é a melhor ideia." Ela mastigou os cabelos em silêncio. "Nunca me *disseram* para não contar a ninguém. Assim, com todas as letras. Engraçado, não é? Quem sabe você não põe tudo numa história com lugares e nomes diferentes, essas coisas? Escute, Fred", ela continuou, pegando mais uma maçã, "você vai precisar fazer o sinal da cruz e beijar o cotovelo..."

Não sei se os contorcionistas conseguem beijar o próprio cotovelo; ela teve que se contentar com uma mera aproximação.

"Bem", continuou, com a boca cheia de maçã, "talvez você tenha lido nos jornais. Ele se chama Sally Tomato, e o meu iídiche é melhor que o inglês dele; mas ele é um amor de velhinho, muito religioso. Teria cara de monge, não fossem os dentes de ouro; diz ele que reza por mim toda noite. É claro que nunca foi meu amante; a verdade é que só o conheci quando já estava na cadeia. Mas agora eu o adoro, afinal de contas faz sete meses que vou visitá-lo toda quinta-feira, acho até que iria mesmo se ele não me pagasse. Esta aqui está mole", ela disse, atirando o resto da maçã pela janela. "Pensando bem, eu conhecia Sally de vista. Ele costumava vir ao bar de Joe Bell, aqui na esquina, nunca falava com ninguém, só ficava ali, com jeito de homem que mora em hotel. É engraçado olhar para trás e pensar que provavelmente estava me espiando de perto, já que, logo que o meteram em cana (Joe Bell me mostrou a foto dele no jornal. Mão Negra. Máfia, essa coisa toda: pegou cinco anos), logo depois recebi um telegrama de um advogado, dizendo que era para eu entrar em contato com ele a respeito de um assunto do meu interesse."

"Você achou que alguém tivesse deixado um milhão para você?"

"De jeito nenhum. Achei que fosse coisa do Bergdorf. Mas encarei a aposta e fui ver esse advogado, se é que é advogado; duvido muito, não tem escritório, só um serviço de recados, e sempre marca de me encontrar no Hamburg Heaven: ele é muito gordo, é capaz de comer dez hambúrgueres, duas tigelas de salada e uma torta inteira de limão e suspiro. Ele perguntou o que eu achava de dar um pouco de alegria a um velhinho solitário e embolsar cem dólares por semana. Eu disse: querido, você chamou a srta. Golightly errada, não sou uma enfermeira que faz uns bicos para completar o orçamento. Também não fiquei impressionada com os honorários; dá para fazer o mesmo dinheiro com o toalete: qualquer sujeito metido a bacana tira cinquenta do bolso para ficar com uma garota, e eu sempre cobro mais cinquenta para o táxi. Mas então ele me disse que o cliente era Sally Tomato. Disse que havia tempos o velho Sally me admirava *à la distance,* não seria um belo gesto fazer uma visita a ele uma vez por semana? Bem, eu não tinha como dizer não: era tão romântico."

"Não sei. Tem alguma coisa que não bate."

Ela sorriu. "Você acha que estou mentindo?"

"Para começo de conversa, não podem deixar *qualquer* um visitar um prisioneiro."

"Ah, mas não deixam mesmo! A verdade é que dificultam o quanto podem. Acham que sou uma sobrinha dele."

"E é só isso? Ele paga cem dólares por uma hora de conversa?"

"Ele, não; o advogado paga. O sr. O'Shaughnessy me manda em dinheiro vivo, pelo correio, assim que deixo a previsão do tempo."

"Pois acho que você pode se meter numa encrenca", eu disse, apagando uma das luzes, que já não era necessária, pois a manhã entrara pelo quarto, e os pombos arrulhavam na escada de incêndio.

"Como assim?", perguntou, séria.

"Deve haver alguma coisa na lei a respeito de falsa identidade. Afinal de contas, você *não é* sobrinha dele. E que história é essa de previsão do tempo?"

Ela disfarçou um bocejo. "Nada de mais. São só umas mensagens que deixo com o serviço de recados, para o sr.

O'Shaughnessy ter certeza de que estive lá. Sally me diz o que falar, alguma coisa como, por exemplo, 'furacão em Cuba' ou 'neve em Palermo'. Não se preocupe, querido", ela disse, dirigindo-se para a cama, "faz tempo que me viro sozinha." A luz matinal parecia se refratar nela: brilhava como uma criança transparente ao puxar as cobertas até meu queixo; então se deitou ao meu lado. "Você se importa? Só quero descansar um instante. Vamos ficar quietinhos agora. Durma aí."

Fingi que dormia, simulando uma respiração profunda e regular. Os sinos do campanário da igreja ao lado soaram a meia hora, a hora inteira. Eram seis da manhã quando ela apoiou a mão no meu braço, com um toque leve, tomando cuidado para não me acordar. "Pobre Fred", sussurrou, e parecia que estava falando comigo, mas não estava. "Por onde você anda, Fred? E com esse frio. Esse vento é de neve." Encostou o rosto no meu ombro, um peso morno e úmido.

"Por que você está chorando?"

Ela sentou bruscamente. "Ah, meu Deus", ela disse, a caminho da janela e da escada de incêndio, *"odeio* gente bisbilhoteira."

No dia seguinte, sexta-feira, eu voltava para casa quando encontrei, diante da minha porta, uma cesta de luxo da Charles & Co. com um cartão: *Srta. Holiday Golightly, Viagens* — e, rabiscado no verso, numa caligrafia grotescamente desajeitada, de jardim de infância: *Deus lhe pague, Fred querido. Por favor, perdoe a outra noite. Você foi um anjo. Mille tendresse —* Holly. *P. S. Não vou incomodar de novo.* Eu respondi: *Por favor, incomode,* e deixei na porta dela o bilhete acompanhado daquilo que o meu bolso alcançava, um ramalhete de violetas comprado na rua. Mas parecia que ela levava a promessa a sério:

não a vi mais nem ouvi falar dela, e concluí que chegara ao cúmulo de providenciar uma chave da porta da rua. Fosse como fosse, não tocou mais a minha campainha. Senti falta daquilo; e, conforme os dias se sucediam, comecei a esboçar algum ressentimento contra ela, como se o meu melhor amigo fizesse pouco caso de mim. Uma solidão inquietante tomou conta da minha vida, sem suscitar nenhuma ânsia pelos amigos de mais longa data: eles agora me pareciam uma espécie de dieta sem sal nem açúcar. Na quarta-feira, minhas divagações sobre Holly, Sing Sing e Sally Tomato, sobre um mundo em que os homens torravam cinquenta dólares com o toalete, eram tão incessantes que não me deixavam trabalhar. Naquela noite, deixei um recado na caixa de correio de Holly: *Amanhã é quinta-feira*. Na manhã seguinte fui recompensado com um segundo bilhete escrito naquela caligrafia de jardim de infância: *Deus lhe pague por me lembrar. Não quer vir tomar um drinque hoje à noite, lá pelas seis?*

Esperei até as seis e dez, depois me forcei a mais cinco minutos de atraso.

Uma criatura veio atender à porta. Cheirava a charuto e colônia Knize. Os sapatos ostentavam saltos duplos; sem essas polegadas a mais, qualquer um o confundiria com um duende. A cabeça calva e sardenta era grande como a de um anão; colado a ela, havia um par de orelhas pontudas, de elfo. Tinha olhos de pequinês, duros e ligeiramente protuberantes. Tufos de pelos brotavam das orelhas e do nariz; a face era acinzentada pela barba que já despontava, e a mão que apertei também era peluda.

"A garota está no chuveiro", ele disse, apontando o charuto na direção do barulho sibilante de água, que vinha do quarto. A sala dava a impressão de que se estava no meio de uma mudança (ficamos em pé, pois não havia onde sentar); faltava apenas o cheiro de tinta fresca. Malas e caixotes fechados eram a única mobília. Os caixotes faziam as vezes de mesas. Um deles apoiava os ingredientes de um martíni; outro, um abajur, um telefone, o gato ruivo de Holly e um vaso de rosas amarelas. Uma estante de livros exibia meia prateleira de literatura.

O homem pigarreou. "Ela está esperando você?"

O meu gesto não o convenceu. Os olhos frios me percorreram, fazendo incisões precisas e exploratórias. "Muita gente vem aqui sem avisar. Faz tempo que conhece a garota?"

"Não muito."

"Então não faz tempo que conhece a garota?"

"Moro no andar de cima."

A resposta pareceu suficiente para que ele relaxasse. "O apartamento é igual a este?"

"É muito menor."

Ele bateu a cinza no chão. "Isto aqui é uma espelunca. É inacreditável. Mas a garota não sabe como viver nem quando tem grana." Sua fala tinha ritmo abrupto, metálico, como um teletipo. "Então, o que você me diz: ela é ou não é?"

"É o quê?"

"Uma impostora."

"Eu não diria isso."

"Você está enganado. É uma impostora. Mas você também está certo. Holly não é uma impostora porque é impostora *de verdade*. Ela acredita em toda essa besteira que inventou. Não há quem a convença do contrário. Já tentei, com lágrimas nos olhos. Benny Polan, que é um sujeito respeitadíssimo, também tentou. Benny tinha metido na cabeça de casar com ela, e ela não quis, Benny deve ter gastado milhares de dólares com psiquiatras. Até esse famoso, esse que só fala alemão, rapaz, até ele jogou a toalha. Não há quem a tire dessas...", ele apertou o punho, como se quisesse esmagar algo intangível, "...ideias. Você pode tentar um dia desses. Peça a ela que conte a você as coisas em que ela acredita. Veja bem", ele disse, "eu gosto da garota, quase todo mundo gosta dela, mas há quem não goste. Eu, sim. Gosto dela, sinceramente. É que sou sensível. É preciso ser sensível para gostar dela, é preciso ter um quê de poeta. Mas vou lhe dizer a verdade. Você pode se acabar por ela, que ela vai lhe servir estrume de cavalo num prato. Vou dar um exemplo: quem ela é hoje, do jeito que você está vendo? É uma garota pronta para acabar no fundo de um frasco de Seconal. Já vi isso acontecer mais vezes do que dá para contar, e as moças nem eram malucas. Ela é maluca."

"Mas é jovem. E com muita juventude pela frente."

"Se você quer dizer futuro, está errado de novo. Há alguns anos, lá na outra costa, houve um momento em que tudo poderia ter sido diferente. Tinha alguma coisa nela, estavam todos de olho nela, poderia ter decolado. Mas, quando você entra numa dessas, não há como voltar. Pergunte a Luise Rainer. E Rainer era uma estrela. É verdade que Holly não era uma estrela; nunca foi muito além do portfólio. Mas isso foi antes de *Pelo vale das sombras*. A coisa poderia ter decolado de verdade. Eu sei, veja bem, porque fui eu o sujeito que deu aquele empurrãozinho nela." Apontou o charuto para si mesmo. "O. J. Berman."

Esperava ser reconhecido, e eu não me importaria em lhe fazer a gentileza, nem um pouco, se ao menos tivesse ouvido falar de O. J. Berman. Mas logo ficou claro que era agente de atores em Hollywood.

"Fui o primeiro que a viu. Em Santa Anita. Ela estava sempre ali, perto dos trilhos. Eu me interessei, profissionalmente. Então descobri que ela estava morando com um sujeito, um nanico. Mandei dizer a ele que desse o fora, se não quisesse encrenca com a polícia: a garota tinha quinze anos. Mas era muito estilosa: era ótima, vistosa. Mesmo usando óculos grossos *assim*; mesmo falando feito uma caipira, uma boia-fria ou sei lá o quê. Ainda não sei. Quer saber? Duvido que alguém descubra de onde ela veio. Holly mente tanto que talvez nem ela saiba mais de onde veio. Levamos um ano para amaciar aquele sotaque. O que deu jeito foram as aulas de francês: depois que aprendeu a imitar o francês, não custou muito para imitar o inglês. Nós a modelamos pelo tipo de Margaret Sullavan, mas ela saía do roteiro, todo mundo começou a se interessar, gente graúda, e o melhor da história foi Benny Polan, um sujeito respeitado, ele queria casar com ela. Um agente pode querer coisa melhor? Então, bum! *Pelo vale das sombras*. Você assistiu? Cecil B. DeMille. Gary Cooper. Meu Deus! Eu estava para morrer, tudo certo: fizeram um teste com ela para o papel de enfermeira do dr. Wassell. Quer dizer, Holly seria uma das enfermeiras. Então, bum! O telefone tocou." Fingindo pegar um telefone no ar, ele o segurou junto ao ouvido. "Ela disse: Oi, é Holly. E eu: Oi, doçura, você parece estar tão longe. Ela disse: Estou em Nova York. E eu: Que diabo você está fazendo em Nova York se hoje é domingo e o teste é amanhã? Ela disse: Estou em Nova York porque nunca estive em Nova York. E eu: Entre já num avião e volte para cá. Ela disse: Não quero. E eu: Mas o que você tem na cabeça? E ela disse: A gente tem que querer que aconteça para a coisa dar certo, e eu não quero. E eu disse: Muito bem, que diabo você quer? E ela: Quando eu descobrir, você vai ser o primeiro a saber. Está entendendo o que eu disse? Estrume de cavalo servido num prato."

O gato ruivo pulou do caixote e veio se esfregar na perna dele. Ele ergueu o gato com a ponta do sapato e o atirou para longe, o que teria sido odioso de sua parte se ao menos tivesse notado o gato, e não apenas a própria irritação.

"É *isto* o que ela quer?", perguntou, abrindo os braços. "Um monte de gente que chega sem ser esperada? Viver de gorjetas? Andar por aí com patifes? Ou então casar com Rusty Trawler? Isso tem algum valor?"

Fulgurante, ele aguardou minha reação.

"Desculpe, mas não sei quem é ele."

"Se não sabe quem é Rusty Trawler, você não deve saber muita coisa sobre a garota. Mau negócio", ele disse, com a língua estalando dentro da cabeçorra. "Eu esperava que você pudesse ter alguma influência. Que falasse francamente com a garota, antes que fosse tarde demais."

"Mas, pelo que você diz, já é tarde demais."

Ele soltou um anel de fumaça e esperou que se desfizesse antes de sorrir; o sorriso alterou suas feições, fez surgir algo mais gentil. "Eu poderia começar tudo de novo. É como eu disse", repetiu, e agora soava verdadeiro, "gosto da garota, sinceramente."

"Qual escândalo você está espalhando agora, O. J.?" Holly entrou chapinhando na sala, com uma toalha mais ou menos enrolada ao corpo e os pés molhados, pingando pegadas no assoalho.

"O de sempre. Que você é maluca."

"Isso o Fred já sabe."

"Mas você, não."

"Acenda um cigarro para mim, querido", ela disse, arrancando a touca de banho e agitando os cabelos. "Não, você não, O. J. Você é muito atrapalhado. Sempre baba no cigarro."

Apanhou o gato e o ergueu até o ombro. Ele se encarapitou ali com o equilíbrio de um pássaro, emaranhando as patas nos cabelos dela como se quisesse fazer crochê; apesar da gracinha, era um gato sombrio, com cara de pirata sanguinário; um dos olhos era viscoso e fosco, o outro luzia de perfídia.

"O. J. é um trapalhão", ela me disse ao pegar o cigarro que eu acendera. "Mas ele sabe um número incrível de telefones. Qual é o telefone de David O. Selznick, O. J.?"

"Pare com isso."

"Não é piada, meu querido. Quero que você ligue e diga a ele que Fred é um gênio. Escreveu dúzias de histórias maravilhosas. Não fique vermelho, Fred: não foi você quem disse que é um gênio, fui eu. Vamos lá, O. J., o que é que você vai fazer para o Fred ficar podre de rico?"

"Que tal você deixar isso por nossa conta, minha e do Fred?"

"Mas lembre", ela disse, já saindo, "sou a agente dele. Tem mais: quando eu gritar, venham puxar o meu zíper. E, se alguém bater, deixem entrar."

Uma multidão veio bater. Nos quinze minutos seguintes, o apartamento foi tomado por uma autêntica despedida de solteiros, vários dos quais de uniforme. Contei dois oficiais da Marinha e um coronel da Força Aérea; mas os de farda foram superados por visitantes grisalhos, além da idade de alistamento. Exceto pela falta de juventude, os convidados não tinham nada em comum, pareciam estranhos entre estranhos; na verdade, todos os rostos haviam se esforçado, logo à entrada, para dissimular a decepção de ver outros sujeitos ali. Parecia que a anfitriã havia distribuído convites à medida que ziguezagueava de bar em bar; o que provavelmente era a verdade. Após a careta inicial, porém, todos se misturaram sem resmungos, especialmente O. J. Berman, que avidamente explorou as novas companhias, para não ter que falar do meu futuro em Hollywood. Fiquei relegado ao pé da estante; mais da metade dos livros era sobre cavalos, e o resto, sobre beisebol. Fingir algum interesse por *O abecê dos cavalos* me deu a oportunidade de observar discretamente os amigos de Holly.

Um deles logo se destacou. Era um criança de meia-idade, que não se livrara das gorduras infantis, muito embora algum alfaiate talentoso quase tivesse conseguido camuflar o traseiro rechonchudo, ávido de palmadas. Não havia nem sinal de ossos em seu corpo; o rosto, um zero preenchido com feições em miniatura, tinha uma tez incólume, virginal: como se, embora ele tivesse crescido, a pele permanecesse lisa como um balão cheio, como se a boca, apesar de pronta para cenas e gritarias, ainda fizesse um biquinho bonitinho. Mas não era a aparência que o singularizava, já que crianças mal crescidas não são tão raras assim. Era muito mais a atitude; pois ele se comportava como se a festa fosse dele: como um polvo frenético, preparava martínis, apresentava os sujeitos uns aos outros, tomava conta da vitrola. Justiça seja feita, a maior parte das suas atividades era ditada pela anfitriã: *Rusty, você se importa*; *Rusty, por favor*. Se estava apaixonado por ela, era evidente que mantinha o ciúme sob controle. Um homem ciumento poderia ter perdido as estribeiras ao ver como ela deslizava pela sala, carregando o gato numa das mãos, mas deixando a outra livre para ajeitar uma gravata ou para tirar o fio solto de uma lapela; a medalha do coronel da Força Aérea mereceu um belo polimento.

O nome do sujeito era Rutherford ("Rusty") Trawler. Perdera os pais em 1908: o pai fora vítima de um anarquista, a mãe morrera de choque, numa dupla desgraça que transformara Rusty em órfão, milionário e celebridade, tudo à idade de cinco anos. Desde então, tornara-se uma figura carimbada nas colunas sociais, relevo que ganhara ímpeto de furacão quando, ainda na escola, ele fizera o padrinho e tutor ser preso sob acusação de sodomia. Depois disso, casamentos e divórcios garantiram seu lugar ao sol nos tabloides. A primeira esposa se entregara, assim como a pensão, a um rival do reverendo Divine. A segunda esposa parece não ter dado explicação, mas a terceira o processara no estado de Nova York, com direito a todo o pacote de testemunhos costumeiros. Ele mesmo pedira divórcio da última sra. Trawler, alegando, como queixa principal, que ela iniciara um motim a bordo do iate, um motim que terminara com Rusty sendo deixado para trás nas Dry Tortugas. Muito embora estivesse solteiro desde então, consta que pedira a mão de Unity Mitford antes da guerra — ou, pelo menos, dizia-se que mandara um telegrama, oferecendo-se para casar com ela caso Hitler desistisse. Seria essa a razão pela qual Winchell sempre se referia a ele como nazista? Por isso e pelo fato de Rusty ir a comícios em Yorkville?

Não me contaram essas coisas. Li a respeito em *O guia do beisebol*, mais um item da estante de Holly, que ela parecia usar como álbum. Metidas entre as páginas, havia reportagens dominicais e recortes das colunas de fofoca. *Rusty Trawler e Holly Golightly feito pombinhos na estreia de "Vênus, a deusa do amor"*. Holly veio pelas minhas costas e me pegou lendo: *Todo dia é feriado para a srta. Hollyday Golightly, dos Golightly de Boston, e para Rusty "24-Quilates" Trawler.*

"Está admirando meu sucesso ou é fã de beisebol?", ela perguntou, ajustando os óculos escuros enquanto espiava por cima do meu ombro.

Eu disse: "Qual é a previsão do tempo para esta semana?".

Piscou para mim, mas sem humor nenhum: era uma piscadela de advertência. "Gosto de cavalos, mas não suporto beisebol", respondeu, e a mensagem implícita em sua voz advertia que eu devia esquecer que ela um dia mencionara Sally Tomato. "Não aguento nem no rádio, mas sou obrigada a escutar, faz parte da minha pesquisa. Os homens falam de tão pouca coisa. Se ele não gosta de beisebol, então é certo que gosta de cavalos, e se não gosta de nenhum dos dois, bem, aí estou numa fria: ele não gosta de garotas. E como foi a conversa com O. J.?"

"Nós nos separamos de comum acordo."

"Fazer amizade com ele é uma oportunidade e tanto, acredite em mim."

"Eu acredito. Mas o que tenho a oferecer que pareça uma oportunidade a ele?"

Ela persistiu. "Vá lá e o faça pensar que ele não é um bicho esquisito. Ele realmente pode ajudá-lo, Fred."

"Mas parece que você mesma não deu muita bola", eu disse. Ela só pareceu entender quando expliquei: "O tal filme, *Pelo vale das sombras*".

"Ele ainda fala disso?", ela exclamou e lançou um olhar afetuoso para Berman, do outro lado da sala. "Mas ele tem razão, eu *deveria* me sentir culpada. Não porque talvez tivessem me dado o papel ou porque eu poderia ter me dado bem: eles não dariam, eu não me daria. Se me sinto culpada é porque o deixei sonhar quando eu não estava sonhando nadinha. Eu só estava ganhando tempo, até dar um trato em mim: eu sabia muito bem que nunca seria uma estrela de cinema. É difícil demais e, quando você é inteligente, é muito constrangedor. Meus complexos não são tão inferiores assim: todo mundo acha que ser estrela de cinema e ter um ego do tamanho de um bonde são coisas que andam de mãos dadas; na verdade, o essencial é não ter ego nenhum. Nada contra ser rica e famosa. Isso está nos meus planos, e qualquer dia desses vai dar certo; mas, quando isso acontecer, quero estar com o meu ego aqui comigo. Ainda quero ser eu mesma quando acordar numa bela manhã para tomar café da manhã na Tiffany's. Mas você não tem uma bebida", ela disse, notando minhas mãos vazias. "Rusty, não quer trazer um drinque para o meu amigo?"

Continuava a abraçar o gato. "Pobre trapalhão", continuou, coçando a cabeça dele, "pobre trapalhão sem nome. É um tantinho inconveniente, isso de não ter nome. Mas não tenho o direito de dar um nome: ele vai ter que esperar até *pertencer* a alguém. Nós nos encontramos perto do rio, só isso, ninguém aqui é de ninguém: ele é independente, eu também. Não quero ter nada enquanto não tiver certeza de que encontrei o lugar em que eu e as coisas fomos feitos um para o outro. Ainda não sei muito bem onde vai ser. Mas sei como vai ser." Ela sorriu e deixou o gato pular para o chão. "Vai ser como a Tiffany's", ela disse. "Não que eu dê a mínima para joias. Bem, diamantes são outra história. Mas não é de bom-tom usar diamantes antes dos quarenta; mesmo depois, é arriscado. Só olham com respeito para as velhinhas de verdade. Maria Ouspenskaya. Ruga e osso, cabelos brancos e diamantes: mal posso esperar. Mas não é isso que me atrai na Tiffany's. Sabe aqueles dias em que a coisa está preta?"

"Quando a gente está triste?"

"Não", ela prosseguiu devagar. "Você fica triste porque engordou ou porque está chovendo há muito tempo. Você fica triste, é só isso. Mas terrível mesmo é quando a coisa fica preta: quando você fica com medo e sua para danar, mas não sabe do quê está com medo. Sabe que alguma coisa ruim vai acontecer, mas não sabe o quê. Já sentiu isso?"

"Volta e meia. Há quem chame essa sensação de *angst*."

"Muito bem. *Angst*. Mas o que você faz nessas horas?"

"Bem, um drinque ajuda."

"Já tentei. Já tentei aspirina também. Rusty acha que eu deveria fumar maconha, e eu até fumei por algum tempo, mas só me fazia rir. Mas descobri que o melhor para mim é pegar um táxi e ir até a Tiffany's. Eu me acalmo na hora com aquele silêncio e aquele orgulho no ar; nada de muito ruim poderia acontecer ali, não com tantos homens gentis de terno elegante e aquele cheiro de prata e carteira de crocodilo. Se eu encontrasse um lugar de verdade que me fizesse sentir do jeito que me sinto na Tiffany's, eu compraria alguma mobília e daria um nome ao gato. Pensei que, depois da guerra, quem sabe se Fred e eu..." Empurrou os óculos para a testa; os olhos, com suas várias cores, os cinzas e os laivos de azul e verde, haviam assumido uma lucidez distante. "Fui ao México certa vez. É um país ótimo para criar cavalos. Conheci um lugar perto do mar. Fred entende de cavalos."

Rusty Trawler chegou trazendo um martíni; entregou a bebida sem nem olhar para mim. "Estou com fome", anunciou, e a voz, tão retardada quanto o resto, acabou num irritante choramingo de menino que parecia pôr alguma culpa em Holly. "São sete e meia, estou com fome. Você sabe o que o doutor disse."

"Eu sei, Rusty, eu sei o que o doutor disse."

"Bem, então chega. Vamos embora."

"Quero que se comporte, Rusty." Holly falou suavemente, mas a ameaça de governanta no tom da sua voz fez que um estranho rubor de prazer, de gratidão, colorisse as faces dele.

"Você não me ama", ele se queixou, como se estivessem sozinhos.

"Ninguém gosta de malcriação."

Era o que ele queria ouvir, evidentemente; ele pareceu ao mesmo tempo excitado e relaxado. Mesmo assim, continuou, como se fosse uma espécie de ritual: "Você me ama?".

Ela lhe fez um afago. "Cuide das suas tarefas, Rusty. E, quando eu acabar, vamos comer onde você quiser."

"Chinatown?"

"Mas isso não significa costelas agridoces. Você sabe o que o doutor disse."

Enquanto ele retomava seus deveres com um bambolear satisfeito, não pude deixar de observar que ela não havia respondido à pergunta. "Você o ama?"

"É como eu disse: a gente pode se acostumar a gostar de qualquer pessoa. Além do mais, ele teve uma infância horrenda."

"Se foi tão horrenda assim, por que se agarra a ela?"

"Use a cabeça. Não dá para ver que Rusty se sente mais seguro de fralda do que de saia? As alternativas são essas, mas ele é terrivelmente sensível nesse ponto. Tentou me matar com uma faca de mesa quando eu disse que estava na hora de ele crescer e enfrentar o assunto, acalmar o facho e brincar de casinha com algum motorista de caminhão bem paternal. Enquanto não se decide, ele come na minha mão. Para mim está tudo bem: ele é inofensivo, acha que uma garota é uma boneca, literalmente."

"Graças a Deus."

"Bem, se essa fosse a opinião da maioria dos homens, eu não estaria agradecendo a Deus."

"Eu quis dizer graças a Deus que você não pretende casar com o sr. Trawler."

Ela ergueu uma sobrancelha. "Veja bem: não estou fingindo que não sei o quanto ele é rico. Terra no México também custa um bocado de dinheiro. Agora", disse, empurrando-me para a frente, "vamos atrás de O. J."

Continuei parado enquanto procurava ganhar tempo. Então me lembrei: "E por que *Viagens*?".

"No meu cartão?", ela se desconcertou. "Por quê? Você achou engraçado?"

"Engraçado, não. Só provocativo."

Ela deu de ombros. "Afinal de contas, como é que vou saber onde é que vou estar amanhã? Então disse que pusessem *Viagens*. De qualquer modo, foi um desperdício encomendar os cartões. Mas pensei que devia isso a eles, que devia comprar *alguma* coisinha. São da Tiffany's." Pegou meu martíni, que eu nem havia tocado; esvaziou o copo em dois goles e segurou minha mão. "Mas pare de fugir. Agora você vai fazer amizade com O. J."

Um incidente à porta veio interrompê-la. Uma jovem entrou como um pé de vento, uma tempestade de lenços e ouros tilintantes. "H-H-Holly", ela disse, levantando um dedo conforme avançava, "sua fominha miserável! Escondendo todos esses homens simplesmente a-a-ado-adoráveis!"

Com bem mais de um metro e oitenta, era mais alta que a maioria dos cavalheiros ali. Todos se aprumaram, encolheram a barriga, num esforço geral para alcançar a altura imponente dela.

"O que você está fazendo aqui?", Holly perguntou, de lábios tesos como cordas esticadas.

"Na-na-nada, querida. Estava aqui em cima, trabalhando com Yunioshi. Um troço de Natal para a *Ba-ba-zaar*. Mas você não está zangada, está?", ela sorriu a todos à sua volta. "Ra-ra-rapazes, vocês não vão ficar z-z-zangados comigo só por me intrometer na fe-fe-festinha, vão?"

Rusty Trawler soltou um risinho abafado. Apertou-lhe o braço como se quisesse admirar seus músculos e perguntou se não aceitaria um drinque.

"É claro que sim", ela respondeu. "Para mim, pode ser bourbon."

Holly respondeu: "*Não* tenho bourbon". O coronel da Força Aérea então se ofereceu para ir comprar uma garrafa.

"Ah, isso não, não vá se imp-p-portar. Amônia está ok para mim. Holly, querida", ela disse, empurrando a outra de leve, "não se preocupe comigo, sei me apresentar." Inclinou-se para O. J. Berman, que, como muitos homens baixos na presença de mulheres altas, tinha os olhos tomados por uma névoa sôfrega. "Meu nome é Mag W-w-wildwood, de W-w-wildwood, Arkansas. Bem no interior."

Como numa dança, Berman executava passos rebuscados para evitar que os rivais interviessem. Perdeu-a para uma quadrilha de sujeitos que devoravam suas piadas gaguejantes como pombos atrás de migalhas. A moça foi um sucesso compreensível. Ela era um triunfo sobre a feiura, o que muitas vezes é mais feiticeiro que a beleza real, ao menos por conter algum paradoxo. No caso, em contraste com o método escrupuloso à base de bom gosto e treinamento científico, o truque consistia em exagerar os defeitos: ela os tornara ornamentais, assumindo-os com ousadia. Saltos que realçavam sua altura, tão íngremes que os tornozelos tremiam; um corpete reto e apertado, indicando que ela poderia ir à praia usando sunga; cabelos repuxados para trás, acentuando a magreza, a inanição do rosto de modelo. Até mesmo o gaguejar, certamente genuíno e ao mesmo tempo fingido, fora convertido em vantagem. Era o golpe de mestre, aquela gagueira; pois fazia suas banalidades soarem como originais; além disso, apesar da altura, apesar da autoconfiança, inspirava nos ouvintes do sexo masculino o instinto protetor. Berman, por exemplo, levou um safanão quando ela disse: "Alguém sabe me dizer o-o-onde fica o to-to-toalete das moças?"; na sequência, completando o ciclo, o próprio Berman ofereceu o braço para guiá-la.

"Não", Holly disse, "ela não precisa de ajuda. Já esteve aqui antes. Sabe muito bem onde fica o toalete." Holly estava limpando os cinzeiros quando Mag Wildwood saiu da sala; ela esvaziou mais um e disse, ou melhor, suspirou: "É uma tristeza". Parou o tempo suficiente para calcular o número de expressões intrigadas; era o bastante. "É um mistério. Eu pensei que fosse dar mais na cara. Mas, só Deus sabe como, ela até *parece* saudável. Quer dizer, tão *limpa*. Isso é que é extraordinário. Você não diria", perguntou preocupada, mas sem se dirigir a ninguém em particular, "que ela *parece* limpa?"

Alguém tossiu, vários engoliram em seco. Um oficial da Marinha que segurava o drinque de Mag Wildwood o deixou de lado.

"Mas, pelo que ouço dizer, são tantas garotas do Sul com o mesmo problema", ela estremeceu de leve e foi à cozinha buscar mais gelo.

Ao voltar, Mag Wildwood não entendeu a súbita falta de calor; as conversas que ela começava pareciam madeira verde, soltavam fumaça mas não pegavam fogo. Mais imperdoável ainda: estavam todos saindo sem pedir seu telefone. O coronel da Força Aérea bateu em retirada quando ela lhe deu as costas por um momento, e isso foi a gota d'água, pois ele a tinha convidado para jantar. De repente, sentiu-se emparedada. E uma vez que o gim está para o artifício como as lágrimas estão para a maquiagem, seus atrativos imediatamente debandaram. Voltou-se contra todos. Chamou a anfitriã de degenerada de Hollywood. Quis começar uma briga com um senhor de cinquenta anos. Disse a Berman que Hitler estava certo. Levou Rusty Trawler ao êxtase quando o pegou pelos braços e o encurralou num canto. "Sabe o que vou fazer com você?", ela dizia, sem sinal da gagueira. "Vou arrastar você até o zoológico e servi-lo como almoço para os iaques." Ele parecia perfeitamente disposto, mas ela o desapontou ao deslizar para o chão, onde começou a cantarolar.

"Você é um estorvo. Levante daí", Holly ordenou, estendendo um par de luvas. Os remanescentes da festa esperavam à porta, e, quando o estorvo não mexeu um dedo, Holly olhou para mim com ar de quem pede desculpas. "Fred, meu anjo, você não quer metê-la num táxi? Ela mora na Winslow."

"Não. Na Barbizon. Regent 4-5700. É só perguntar por Mag Wildwood."

"Fred, você *é* um anjo."

Todos foram embora. A perspectiva de conduzir uma amazona até um táxi desfez todo ressentimento que eu pudesse sentir. Mas Mag resolveu o problema sozinha. Levantando-se por conta própria, olhou para mim com uma altivez cambaleante. "Vamos ao Stork. Você deu sorte hoje", e caiu de corpo inteiro, como um carvalho abatido. Meu primeiro impulso foi procurar um médico. Mas um exame rápido provou que o pulso estava bem; e a respiração, regular. Ela apenas dormia. Depois de procurar um travesseiro para a sua cabeça, deixei Mag curtir o sono.

Na tarde seguinte, colidi com Holly na escada. "*Você*", ela disse, correndo com um embrulho de farmácia. "Ela está à beira de uma pneumonia. Com uma ressaca daquelas. E deprimida, para completar." Deduzi que Mag Wildwood ainda estava no apartamento, mas Holly não me deu chance de explorar sua surpreendente simpatia. Ao longo do fim de semana, o mistério cresceu. Primeiro, o sujeito latino que veio bater à minha porta, por engano, pois estava à procura da srta. Wildwood. Precisei de algum tempo para desfazer o engano, já que os nossos sotaques pareciam mutuamente incompatíveis, mas, quando enfim consegui esclarecer tudo, o sujeito me pareceu encantador. Ele fora feito com esmero: a cabeça morena e o perfil de toureiro tinham a exatidão, a perfeição de uma maçã, de uma laranja, de algo em que a natureza tivesse acertado a mão. Além disso, como adereço, usava terno inglês, colônia recendente, e, o que era ainda menos latino, tinha modos recatados. O segundo acontecimento do dia tornou a envolvê-lo. No começo da noite, eu o vi quando saía para jantar. Ele estava chegando de táxi; o motorista o ajudou a cambalear edifício adentro com uma pilha de malas. Fiquei repassando a cena o resto da noite; no domingo, estava com dor de cabeça.

Então o quadro escureceu e clareou ao mesmo tempo.

Era um domingo de calor inesperado, de sol forte; da minha janela aberta, ouvi vozes vindas da escada de incêndio. Holly e Mag estavam estiradas em cima de um lençol, com o gato entre elas. Os cabelos das moças, recém-lavados, escorriam, lisos. Estavam ocupadas, Holly pintando as unhas dos pés, Mag tricotando um suéter. Quem falava era Mag.

"Se quer saber, acho que você é uma so-so-sortuda. Ao menos uma coisa você precisa reconhecer: Rusty é americano."

"Bravo!"

"*Querida*, o mundo está em guerra."

"E assim que ela acabar, pode crer, vou sumir."

"Eu, não. Tenho orgulho do meu p-p-país. Na minha família sempre houve grandes soldados. Tem uma estátua do vovô Wildwood no centro de Wildwood."

"Fred é soldado", Holly disse. "Mas duvido que vire estátua. Quem sabe. Dizem que, quanto mais burro, mais corajoso. E ele é bem burrinho."

"Fred é aquele rapaz aqui de cima? Nem notei que era soldado. Mas cara de burro ele tem..."

"É ansioso. Burro, não. Não vê a hora de estar por dentro, olhando para fora: qualquer um que grude o nariz na vitrine fica com cara de burro. De qualquer modo, esse é outro Fred. Fred é meu irmão."

"Você chama de burro o s-s-sangue-do-seu-s-s-sangue?"

"Mas, se ele é burro, o que posso fazer?"

"Bem, não é educado dizer uma coisa dessas. Afinal, ele é um garoto que está lutando por você, por mim, por todo mundo."

"Mas o que é isso, um comício?"

"Só quero que você saiba a minha opinião. Gosto de uma piada, mas na verdade sou uma pessoa sé-sé-séria. Tenho orgulho de ser americana. É por isso que lamento essa história com José." Ela abaixou as agulhas de tricô. "Você acha *mesmo* que ele é um bonitão, não acha?" Holly fez *hmm* e cutucou os bigodes do gato com o pincel de esmalte. "Se ao menos eu me acostumasse com a ideia de ca-ca-casar com um brasileiro. Ou de virar br-br-brasileira. Mas isso implica tanta coisa. Dez mil quilômetros de distância, e sem saber a língua..."

"Vá até uma escola Berlitz."

"E por que teriam um curso de po-po-português? Não é uma língua que todo mundo fale. Não, a minha única chance é fazer José esquecer a política e se tornar americano. Ser pr-pr-presidente do *Brasil*: que coisa mais inútil um homem pode querer na vida" Ela suspirou e retomou o tricô. "Devo estar loucamente apaixonada. Você nos viu juntos. Acha que estou loucamente apaixonada?"

"Bem, ele morde?"

Mag largou um ponto no meio. "Se ele morde?"

"Ele morde você na cama?"

"Bem, não. Ele *deveria*?" E acrescentou, em tom de censura: "Não morde, mas ri".

"Que bom. É esse o espírito. Gosto de homem que tem senso de humor; a maioria só bufa e resfolega."

Mag retirou a queixa; aceitou o comentário como uma lisonja que também recaía sobre ela. "É, acho que sim."

"Ok, ele não morde. Ele ri. Que mais?"

Mag contou os pontos do tricô que perdera e recomeçou: um, dois, três.

"Eu perguntei..."

"Já ouvi. Não é que eu não queira contar. Mas é tão difícil de lembrar. Não g-g-guardo essas coisas. Não do seu jeito. Essas coisas vão embora como os sonhos. Tenho certeza de que esse é o je-je-jeito mais normal."

"Pode até ser normal, querida, mas prefiro ser natural." Holly fez uma pausa no processo de pintar de vermelho o resto dos bigodes do gato. "Escute. Se você não consegue se lembrar, tente deixar as luzes acesas."

"Mas veja se me entende, Holly. Sou uma pessoa m-m-muito *convencional*."

"Ah, mas que coisa! Qual o problema em dar uma boa olhada num sujeito de quem você gosta? Os homens são bonitos, muitos são. José é, e, se você não quer nem *olhar* para ele, bem, então acho que ele está tomando café frio."

"Fale mais b-b-baixo."

"Não dá outra: você não está apaixonada por ele. Isso responde à sua pergunta?"

"Não. Porque não sou café frio. Sou uma pessoa calorosa. Essa é a base do meu caráter."

"Ok. Você é uma pessoa calorosa. Mas, se eu fosse um homem me preparando para ir para a cama, acho que levaria uma bolsa de água quente. É mais palpável."

"José não é de soltar gritinhos", ela disse, complacente, com as agulhas rebrilhando à luz do sol. "Além do mais, *estou* apaixonada por ele. Você notou que tricotei dez pares de meias de lã em menos de três meses? E este é o segundo suéter." Ela esticou a peça e a jogou de lado. "Para que fiz isso? Quem usa suéter no Brasil? Eu deveria estar tricotando chapéus."

Holly se inclinou para trás e bocejou. "Deve fazer frio no Brasil, em alguma época do ano."

"Sei que *chove*, isso eu sei. Tem calor. Chuva. E m-m-mato."

"Calor. Mato. Na verdade, acho que eu gostaria disso."

"É mais a sua cara que a minha."

"É mesmo", Holly respondeu, com um jeito sonolento que nada tinha a ver com sono. "É mais a minha cara."

Na segunda-feira, quando desci para buscar o correio da manhã, o cartão na caixa de Holly fora alterado, agora tinha mais um nome: a srta. Golightly e a srta. Wildwood viajavam juntas. Isso teria detido minha atenção por mais tempo, não fosse uma carta na minha própria caixa. Era de uma pequena revista universitária para a qual eu enviara um conto. Tinham gostado dele, e, muito embora eu devesse entender que não poderiam pagar, queriam publicá-lo. Publicar: isso significava ter palavras *impressas*. Fora de mim de contentamento, literalmente, precisava contar a novidade para alguém; subi os degraus de dois em dois e esmurrei a porta de Holly.

Não confiava na minha voz para dar a notícia; assim que Holly atendeu à porta, com os olhos vesgos de sono, atirei a carta para ela. Ela demorou muito para me devolver a carta, como se tivesse lido sessenta páginas. "Eu não aceitaria, a não ser que eles pagassem", ela bocejou. Talvez meu rosto tenha deixado claro que eu não queria conselhos, mas parabéns: sua boca passou do bocejo a um sorriso. "Ah, claro. É uma maravilha. Venha, entre", ela disse. "Vamos passar um café e comemorar. Não, melhor: vou me vestir, e vamos almoçar em algum lugar."

O quarto de dormir era compatível com a sala: perpetuava a mesma atmosfera de acampamento; caixotes e malas, tudo arrumado e pronto para a partida, como os pertences de um criminoso que sabe que a lei não está longe. Na sala não havia mobília convencional, mas no quarto não faltava uma cama, de casal, bem espalhafatosa: madeira clara, cetim acolchoado.

Ela deixou aberta a porta do banheiro e passou a conversar comigo de lá; entre a descarga e a escovação, muito do que ela dizia era ininteligível, mas o âmago do assunto era: ela *supunha* que eu soubesse da mudança de Mag Wildwood, e isso não era mesmo *perfeito*? Porque, se *é* para ter uma companheira de quarto que *não* seja sapatona, então o melhor é que seja uma desmiolada *completa*, o que Mag certamente *era*; então fica fácil deixar o aluguel para a outra pagar *e ainda* fazê-la se encarregar da roupa suja.

Era fácil notar que Holly tinha problemas com roupa suja; o lugar estava tomado, como um vestiário de garotas.

"...e sabe do que mais? Ela faz um sucesso e tanto como modelo: não é *fantástico*? Melhor assim...", ela disse, cambaleando para fora do banheiro enquanto ajustava uma liga. "Assim ela se ocupa a maior parte do dia. Também não acho que vá haver muito problema quanto à questão *homens*. Ela está noiva. Ele é um bom sujeito. Apesar de haver uma ligeira diferença de altura: ela ganha dele por uns trinta centímetros, eu acho. Mas que diabo..." De joelhos, remexia embaixo da cama. Depois de encontrar o que estava procurando, um par de sapatos de couro de lagarto, ela ainda procurou uma blusa, um cinto, e foi admirável como, a partir daqueles destroços, ela produziu o efeito final: certo ar de garota mimada, tranquila e imaculada, como se as criadas de Cleópatra a tivessem atendido. "Escute", ela disse, segurando meu queixo na palma da mão, "fico feliz pela história. Fico de verdade."

Era uma segunda-feira de outubro, de 1943. Um dia bonito, com a vivacidade de um passarinho. Para começar, tomamos manhattans no bar de Joe Bell; e, quando ele soube da minha sorte, passamos aos coquetéis de champanhe por conta da casa. Mais tarde, vagamos para os lados da Quinta Avenida, onde havia uma parada. As bandeiras ao vento, o ribombar das bandas e dos pés militares pareciam não ter nada a ver com a guerra, como se fossem uma fanfarra organizada exclusivamente em minha homenagem.

Almoçamos no restaurante do parque. Depois, evitando o zoológico (Holly explicou que não aguentava ver bicho nenhum numa jaula), rimos, corremos, cantarolamos pelas alamedas que levam à velha garagem de barcos, hoje demolida. Folhas flutuavam no lago; na margem, um funcionário do parque abanava uma fogueira delas; e a fumaça, subindo como sinais indígenas, era a única mácula no ar trêmulo. Abril nunca significou grande coisa para mim; já o outono, sim, parece ser a estação dos recomeços, a primavera; é exatamente assim que me sentia, sentado com Holly no parapeito da garagem de barcos. Pensei no futuro e falei do passado. Pois Holly queria saber da minha infância. Ela falou da sua infância também; mas era tudo muito vago, sem nome nem lugar, um recital impressionista, muito embora a impressão final fosse oposta à esperada, já que ela fez um relato quase voluptuoso de verões e banhos de rio, de árvores de Natal, primos bonitos e festas: em suma, de uma alegria que ela não parecia sentir, e certamente bem diferente do passado de uma garota que fugira de casa.

Mas, perguntei, não era verdade que ela vinha se virando desde os catorze anos? Ela esfregou o nariz. "Isso é verdade. O resto não é. Mas veja, meu querido, pelo que você contou, a *sua* infância foi uma tragédia tamanha que achei melhor não competir."

Ela saltou do parapeito. "De qualquer modo, isso me fez lembrar que preciso mandar manteiga de amendoim para o Fred." Passamos o resto da tarde andando de cá para lá pelas mercearias, convencendo os comerciantes a nos vender latas de manteiga de amendoim, uma raridade em tempo de guerra; escureceu antes que conseguíssemos juntar meia dúzia de latas, a última das quais obtivemos numa delicatéssen da Terceira Avenida. Estávamos perto do antiquário com a gaiola palaciana na vitrine, então fomos até lá para vê-la, e Holly gostou do objeto, da sua fantasia: "Mas ainda é uma gaiola".

Passando por uma loja Woolworth's, ela agarrou meu braço: "Vamos roubar alguma coisa", ela disse, puxando-me para dentro da loja, onde imediatamente senti a pressão de olhos alheios, como se já estivéssemos sob suspeita. "Vamos, não seja covarde." Ela examinou um balcão atulhado de abóboras de papel e máscaras de Halloween. A vendedora estava às voltas com um grupo de freiras que experimentavam máscaras. Holly pegou uma e a ajustou sobre o rosto; escolheu outra e a pôs em mim; então me puxou pela mão e fomos embora. Simples assim. Do lado de fora, corremos por alguns quarteirões, acho que para tornar tudo mais dramático; mas também porque, como descobri, um roubo bem-sucedido faz ferver o sangue. Perguntei se já roubara muitas vezes. "Eu costumava roubar", ela respondeu. "Quer dizer, eu precisava roubar. Quando queria alguma coisa. Mas ainda faço isso de vez em quando, meio que para manter a mão treinada."

Continuamos com as máscaras até chegar em casa.

Lembro-me de passar muitos dias ao léu com Holly; e é verdade que, de tempos em tempos, nós nos víamos bastante; mas, feitas as contas, é uma falsa memória. Pois, no fim daquele mês, consegui um emprego. É preciso dizer mais alguma coisa? Quanto menos, melhor; basta dizer que eu precisava dele e que ia das nove às cinco. O que tornou os nossos horários — o de Holly e o meu — completamente diferentes.

Exceto às quintas-feiras, dia de ir a Sing Sing, ou então quando ela ia andar a cavalo no parque, como às vezes fazia, Holly mal havia acordado quando eu chegava em casa. De vez em quando, passando um instante pelo apartamento, eu a acompanhava em seu café da manhã, enquanto ela se vestia para a noite. Saía sempre, na maioria das vezes com Rusty Trawler, mais Mag Wildwood e o brasileiro bonitão, cujo nome era José Ybarra-Jaegar (a mãe dele era alemã). Como quarteto, produziam uma nota dissonante, principalmente por culpa de Ybarra-Jaegar, que parecia deslocado naquele grupo tanto quanto um violino numa banda de jazz. Ele era inteligente, apresentável, parecia levar a sério o trabalho, que era obscuramente governamental, vagamente importante e o levava a

Washington vários dias por semana. Como então ele sobrevivia noite após noite no La Rue ou no El Morocco, escutando a fa--fa-falação de Wildwood e olhando para a cara de bunda de bebê de Rusty? Talvez, como a maioria das pessoas em país estrangeiro, não soubesse situar as pessoas, selecionar a moldura adequada para cada imagem, como faria se estivesse na sua terra; assim, todos os americanos provavelmente eram vistos por ele sob uma luz mais ou menos comum e, desse ponto de vista, todas as companhias passavam por tipos toleráveis de cor local e caráter nacional. Isso explicaria muita coisa; a determinação de Holly explica o resto.

Certo fim de tarde, enquanto esperava por um ônibus na Quinta Avenida, notei um táxi que, na calçada em frente, deixou uma passageira; a moça subiu correndo os degraus da biblioteca pública da rua 42. Ela já havia passado pelas portas antes que eu a reconhecesse, o que era perdoável, uma vez que Holly e bibliotecas não representavam uma associação fácil. Deixei que a curiosidade me conduzisse entre os leões de pedra, perguntando-me, no caminho, se era melhor admitir que a seguira ou fingir uma coincidência. Por fim, não fiz nenhuma das duas coisas, só me escondi a algumas mesas de distância no salão de leitura, onde ela se instalou com seus óculos escuros e uma muralha de livros que trouxera do balcão. Pulava de um livro para outro, intermitentemente se detendo numa página, sempre de cenho franzido, como se estivesse impressa de cabeça para baixo. Mantinha um lápis pousado sobre uma folha de papel — nada parecia capturar a sua atenção, mas, de vez em quando, sabe Deus por quê, ela escrevinhava laboriosamente. Observando-a, eu me lembrei de uma garota da escola, uma fera nos estudos, Mildred Grossman. Mildred: com os cabelos úmidos e os óculos sebentos, os dedos manchados que dissecavam rãs e levavam café para os piquetes, os olhos sem viço que só se voltavam para as estrelas a fim de estimar sua composição química. Água e vinho não poderiam ser mais opostos que Mildred e Holly, mas, na minha imaginação, elas assumiram ar de gêmeas siamesas, e o fio do raciocínio que as enlaçara era o seguinte: a personalidade mediana se transforma com frequência, a cada intervalo de tempo nosso próprio corpo sofre uma metamorfose completa — desejável ou não, é natural que nos transformemos. Isso pode ser verdade, mas ali estavam duas pessoas que jamais mudariam. Era isso que Mildred Grossman tinha em comum com Holly Golightly. Jamais mudariam, porque o caráter delas fora moldado cedo demais, o que, como o enriquecimento súbito, provoca certo desequilíbrio: uma alardeava ser uma realista instável, e a outra, uma romântica extravagante. Eu podia imaginá-las dali a muitos anos, num restaurante: Mildred ainda estudando o valor nutricional do cardápio, Holly ainda ansiando por tudo, gulosa. Jamais seria diferente. Caminhariam vida afora e para além da vida com o mesmo passo determinado que mal se dá conta do penhasco logo à esquerda. Essas observações profundas me fizeram esquecer onde eu estava; voltei a mim, espantado de me encontrar no lusco-fusco da biblioteca e novamente surpreso por ver Holly ali. Eram mais de sete horas, ela estava retocando o batom e dando um toque final na aparência, transformando o que considerava correto em uma biblioteca naquilo que, com o toque de uma echarpe e brincos, julgava conveniente para o Colony. Depois que ela foi embora, eu me aproximei da mesa onde os livros ainda estavam; e eram justamente o que esperava encontrar. *Guia da América do Sul, Veredas do Brasil, O pensamento político da América Latina*. E assim por diante.

Na véspera do Natal, ela e Mag deram uma festa. Holly pediu que eu chegasse mais cedo e a ajudasse a enfeitar a árvore. Até hoje não sei bem como levaram a árvore para o apartamento.

Os galhos de cima estavam esmagados contra o teto, os de baixo iam de parede a parede; no conjunto, não era muito diferente do gigantesco pinheiro natalino na Rockefeller Plaza. Além disso, só mesmo um Rockefeller teria condições de decorá-la, uma vez que as bolas e as lantejoulas sumiam como neve derretida. Holly sugeriu que fôssemos a uma Woolworth's e roubássemos alguns balões; foi o que ela fez: os balões deram uma aparência bem razoável à árvore. Fizemos um brinde à nossa obra, e Holly disse: "Vá até o quarto, lá tem um presente para você".

Eu também tinha um para ela: um pacotinho no bolso, que pareceu ainda menor quando vi, em cima da cama e enfeitada com fita vermelha, a linda gaiola de passarinho.

"Mas, Holly! Que absurdo!"

"Concordo de cabo a rabo; mas achei que você queria."

"Mas custava tão caro! Trezentos e cinquenta dólares!"

Ela deu de ombros. "Uns troquinhos a mais no toalete. Mas prometa, prometa que nunca vai meter uma coisa viva aí dentro."

Quis lhe dar um beijo, mas ela estendeu a mão. "Pode dar", ela disse, dando um tapinha no volume dentro do meu bolso.

"Só não é grande coisa", e não era mesmo: uma medalhinha de são Cristóvão. Ao menos, era da Tiffany's. Holly não era moça de guardar fosse o que fosse, e com certeza, a esta altura, ela já perdeu a medalha, esquecida em alguma mala ou gaveta de hotel. Mas a gaiola ainda está comigo. Arrastei-a para New Orleans, Nantucket, por toda a Europa, pelo Marrocos e pelo Caribe. Mas quase nunca lembro que foi Holly quem me deu, em algum momento preferi esquecer esse fato: tivemos uma briga para valer, e entre os itens que giravam no olho do nosso furacão estavam a gaiola, O. J. Berman e meu conto, que dei para Holly assim que saiu na tal revista universitária.

Em fevereiro, Holly fez uma viagem de inverno com Rusty, Mag e José Ybarra-Jaegar. Nossa discussão aconteceu logo que ela chegou. Ela estava bronzeada, com os cabelos cor de burro quando foge, desbotados pelo sol; fora um passeio e tanto: "Bem, primeiro fomos para Key West, e Rusty ficou fulo da vida com uns marinheiros ou vice-versa, mas o *fato* é que ele vai precisar usar um colete ortopédico o resto da vida. A pobre Mag também acabou no hospital. Queimadura de primeiro grau. Um nojo: bolha e citronela para todo lado. Não dava para aguentar o cheiro dela. Então José e eu deixamos os dois no hospital e fomos para Havana. Aí ele disse: espere só até ver o Rio; mas, para mim, Havana já estava muito bom. Arranjamos um guia irresistível, quase completamente negro, mas com um toque de chinês; não vejo graça em nenhum dos dois tipos, mas a combinação era de babar: eu o deixei roçar meu joelho por baixo da mesa, porque, francamente, ele não era de se jogar fora; e uma noite ele nos levou a um cinema ao ar livre e — adivinhe só? — lá estava *ele*, na *tela*. É claro que, quando voltamos para Key West, Mag tinha certeza de que eu tinha dormido o tempo todo com José. Rusty também, só que ele não se importa, só quer ouvir os detalhes. A verdade é que a coisa ficou bem tensa, até que tive uma conversa com Mag, olho no olho".

Estávamos na sala, onde, muito embora já fosse quase março, a enorme árvore de Natal, então seca e sem cheiro, com os balões murchos como tetas de vaca, ainda ocupava quase todo o espaço. Uma peça de mobília convencional fora acrescentada à sala: uma cama de armar; e Holly, tentando conservar a aparência tropical, estava deitada nele à luz de uma lâmpada ultravioleta.

"E você a convenceu?"

"Que não tinha dormido com José? Meu Deus, é claro. Simplesmente disse a ela... quer dizer, você sabe, falei como se fosse uma confissão afli*tíss*ima, simplesmente disse que eu era sapatona."

"Não vá me dizer que ela acreditou."

"É claro que sim. Por que você acha que ela saiu para comprar essa cama? Não se preocupe: sempre arraso quando o negócio é chocar. Mas seja um bom rapaz, passe um pouco de óleo nas minhas costas." Enquanto eu obedecia, ela continuou: "O. J. Berman está por aqui. Escute bem: dei para ele aquela sua história da revista. Ele ficou bem impressionado. Acha que talvez valha a pena dar uma mãozinha. Mas ele diz que você está no caminho errado: quem quer saber de negros e crianças?".

"Não o sr. Berman, pelo visto."

"Bem, concordo com ele. Li a história duas vezes. Moleques e negros. Folhas trêmulas. *Descrição*. A história não quer *dizer* nada."

Minha mão, espalhando o óleo sobre a pele de Holly, parecia ganhar vontade própria: ansiava por se erguer e dar uma palmada no traseiro dela. "Dê um exemplo", eu disse gentilmente. "De alguma coisa que tenha significado. Na sua opinião."

"*O morro dos ventos uivantes*", ela respondeu sem hesitar.

A coceira na mão estava fugindo ao controle. "Mas assim não vale. Você está falando de uma obra de gênio."

"Era, não era? Meu Deus, chorei aos baldes. Assisti dez vezes."

"Ah", eu disse, com alívio evidente, "ah", agora com inflexão mais pronunciada e infame, "você está falando do *filme*."

Seus músculos se enrijeceram, as costas pareciam pedras aquecidas ao sol. "Todo mundo quer se sentir superior", ela disse. "Mas em geral a gente precisa mostrar serviço antes de ter esse privilégio."

"Não me compare com você. Nem com Berman. Não tenho como me sentir superior. Queremos coisas diferentes."

"Você não quer ganhar dinheiro?"

"Ainda não cheguei nessa parte."

"É o que parece, pelas suas histórias. Como se tivesse escrito sem saber o fim. Bem, vou lhe dizer uma coisa: é melhor fazer dinheiro. A sua imaginação custa caro. Não é todo mundo que vai lhe comprar gaiolas de passarinho."

"Sinto muito."

"Se me bater, aí sim você vai ter que se desculpar. Era isso que você queria, um minuto atrás, dava para sentir na sua mão; e quer de novo, agora."

Queria, e muito; minha mão e meu coração tremiam enquanto eu fechava o frasco de óleo. "Ah, não, não pediria desculpas, não. Só lamento que você tenha gastado o seu dinheiro comigo: deve ser dureza ganhar a vida com Rusty Trawler."

Ela se sentou na cama dobrável, deixando o rosto e os seios nus no azul frio da lâmpada ultravioleta. "Você precisa de uns quatro segundos para sair por aquela porta. Vou lhe dar dois."

Subi num átimo, peguei a gaiola e a deixei diante da porta de Holly. Estávamos quites. Ou pelo menos foi o que imaginei até a manhã seguinte, quando, saindo para o trabalho, vi a gaiola encarapitada numa lata de lixo na calçada, esperando pelos coletores. Com muita vergonha, eu a resgatei e a levei de volta para casa, numa capitulação que não mitigou meu propósito de excluir Holly Golightly da minha vida. Ela era, conforme concluí, uma "exibicionista crua", uma "perda de tempo", uma "fraude completa": melhor nunca mais falar com ela.

E não falei mesmo. Por um bom tempo. Passávamos um pelo outro nas escadas, de olhos baixos. Se ela entrava no bar de Joe Bell, eu saía. Em certa ocasião, madame Sapphia Spanella, a soprano e patinadora que vivia no primeiro andar, passou uma circular entre os demais inquilinos, propondo a expulsão da srta. Golightly: ela era, madame Spanella dizia, "moralmente duvidosa" e "habitualmente organizava reuniões noturnas que punham em risco a segurança e a sanidade dos vizinhos". Muito embora me recusasse a assinar, eu secretamente sentia que madame Spanella tinha do que reclamar. Mas a petição fracassou e, à medida que abril se aproximava de maio, as noites quentes de primavera e a janela aberta vibravam ao som das festas, da vitrola alta e do riso de martíni que emanava do apartamento dois.

Já me acostumara a ver espécimes suspeitos entre os seus visitantes; entretanto, certo dia, no final daquela primavera, quando passava pelo vestíbulo do prédio, notei um homem *muito* bisbilhoteiro examinando a caixa de correio de Holly. Um sujeito por volta dos cinquenta anos, de rosto duro e maltratado, de olhos cinzentos e infelizes. Usava um velho chapéu cinza, manchado de suor, e trajava um paletó gasto, azul-pálido, que parecia muito largo para o seu porte magricela; os sapatos eram marrons e novos em folha. Parecia não ter intenção de tocar a campainha. Vagarosamente, como se estivesse lendo em braille, passava e repassava o dedo pelas letras em relevo do nome de Holly.

Naquela noite, saindo para jantar, dei de novo com esse homem. Estava na outra calçada, apoiado numa árvore; e olhava para as janelas de Holly. Especulações sinistras me subiram à cabeça. Seria um detetive? Ou algum agente do submundo, ligado àquele amigo dela, Sally Tomato? A situação fez renascer meus sentimentos mais ternos por Holly; era mais que justo interromper nossa rixa para preveni-la de que alguém a vigiava. A caminho do Hamburg Heaven, na esquina da rua 79 com a Madison, eu sentia que a atenção do homem se voltara para mim. Logo concluí, sem ter de me virar, que ele me seguia. Podia ouvi-lo assobiando. Não era uma canção qualquer, e sim a melodia queixosa que Holly às vezes tocava no violão: "Não quero dormir, não quero morrer, só quero andar pelos pastos do céu". O assobio continuou enquanto cruzávamos a avenida Park e subíamos a Madison. A certa altura, esperando que um farol se abrisse, eu o observei de esguelha enquanto ele se inclinava para afagar um lulu cafona. "Que belo bichinho esse seu", disse ao dono num sotaque arrastado de interiorano.

O Hamburg Heaven estava vazio. Mesmo assim, ele se sentou bem ao meu lado junto ao longo balcão. Cheirava a tabaco e suor. Pediu uma xícara de café, mas nem tocou nela. Mascava um palito de dente e me estudava pela parede espelhada à nossa frente.

"Perdão", eu disse, olhando-o no espelho, "o senhor quer alguma coisa?"

A pergunta não o constrangeu; ao contrário, parecia aliviado. "Filho, estou precisando de um amigo."

Tirou a carteira. Era tão gasta quanto o couro de suas mãos, quase caindo aos pedaços; e o mesmo valia para a fotografia borrada, rota e manchada que me estendeu. Havia sete pessoas no retrato, agrupadas na varanda arriada de um casebre de madeira, e todas elas eram crianças, com exceção desse homem; ele passava o braço pela cintura de uma garota loira e rechonchuda que erguia a mão para proteger os olhos do sol.

"Esse aí sou eu", ele disse, apontando para si mesmo na foto. "Olha ela aqui", bateu com o dedo na garota rechonchuda. "E esse", acrescentou, indicando um varapau de cabelos loiros, "é o irmão dela, Fred."

Tornei a olhar para "ela", e, sim, agora conseguia ver, havia uma semelhança embriônica entre Holly e a garota rechonchuda de olhos meio vesgos. No mesmo instante, adivinhei quem era aquele sujeito.

"Você é o *pai* de Holly."

Ele piscou os olhos, franziu o cenho. "O nome dela não é Holly, não. É Lulamae Barnes. Era", continuou, trocando o palito de lado, "até ela se casar comigo. Sou o marido dela.

Cavalo, cuido de cavalo. Um pouco de roça também. Moro perto de Tulip, Texas. Filho, está rindo do quê?"

Estava rindo de nervoso. Tomei um gole de água e engasguei; ele me deu uns tapas nas costas. "Não tem do que rir, filho. Sou um homem cansado. Faz cinco anos que estou atrás dessa mulher. Foi só chegar uma carta do Fred, dizendo por onde ela andava, que comprei um bilhete de ônibus. O lugar da Lulamae é em casa com os filhos."

"Filhos?"

"Esses aqui são os filhos *dela*", ele quase gritou. Referia-se aos quatro outros rostos jovens na fotografia, duas garotas descalças e dois moleques de macacão. Era evidente: o homem estava perturbado.

"Mas Holly não pode ser mãe dessas crianças. São mais velhas que ela. Maiores."

"Escute, filho. Eu não disse que eram filhos nascidos da barriga dela. A mãe deles, santa mulher, que Deus a guarde, morreu no Dia da Independência, em 4 de julho de 1936. O ano da seca. Quando casei com a Lulamae, isso foi em dezembro de 1938, ela andava pelos catorze. Com catorze anos, uma pessoa normal não sabe o que faz. Mas a Lulamae, ela era uma mulher fora do comum. Sabia direitinho o que estava fazendo quando prometeu que ia ser minha mulher e a mãe dos meus filhos. Partiu o coração da gente quando fugiu do jeito que fez, acredite", bebericou o café frio e me olhou de lado, com uma seriedade penetrante. "E agora, filho, ainda duvida de mim? Acredita no que estou dizendo?"

Acreditava. Era inacreditável demais para não ser verdade; além disso, lembrei na hora de O. J. Berman descrevendo a Holly que encontrara na Califórnia: parecia "uma caipira, uma boia-fria ou sei lá o quê". Berman não tinha culpa por não adivinhar que ela era mãe de família em Tulip, Texas.

"Partiu o coração da gente quando fugiu do jeito que fez, pode acreditar", o tratador de cavalos repetiu. "E nem tinha motivo para isso. Todo o trabalho da casa ficava por conta das filhas. Lulamae vivia na santa paz: ficava na frente do espelho e lavava os cabelos. Tinha vaca, horta, galinha, porco; filho, a menina engordou que só. E o irmão virou um gigante. Bem diferente de quando vieram pra casa. Foi a Nellie, a minha menina mais velha, foi ela que trouxe os dois. Ela veio um dia de manhã e disse: 'Pai, trouxe uns moleques descabelados aqui pra cozinha. Peguei os dois roubando leite e ovo'. Eram a Lulamae e o Fred. Filho, eram uma coisa de dar dó. As costelas saltadas, os cambitos tão finos que eles nem paravam em pé, com os dentes balançando de um jeito que nem angu dava pra comer. A história deles é esta: a mãe morreu de tuberculose, o pai também — e os órfãos, uma renca, foram despachados por aí, morar com uma gentinha. A Lulamae e o irmão moravam com uns sujeitos de quinta categoria, a uns cento e cinquenta quilômetros de Tulip, para o leste. Ela fez muito bem de fugir daquela casa. Mas da minha, não. Era a casa dela", apoiou os cotovelos no balcão e, pressionando os olhos fechados com a ponta dos dedos, soltou um suspiro. "Ela ganhou corpo e virou uma mulher bonita que só vendo. Alegre também. Tagarela feito um papagaio. Com jeito pra falar de qualquer assunto, melhor que o rádio. Não deu muito, eu estava pegando flor pra ela. Amansei um corvo e o ensinei a dizer o nome dela. Ensinei Lulamae a tocar violão. Só de olhar pra ela, eu já sentia as lágrimas. Na noite em que a pedi em casamento, chorei feito um bebê. E ela: 'Chorando por quê, Doc? Claro que caso. Nunca me casei antes'. Bem, só me restava rir e abraçar e apertar a menina; 'nunca me casei antes', ela disse." Ele riu e mascou o palito mais um pouco. "Não vá me dizer que essa mulher não era feliz", ele me desafiou. "Paparicada por todo mundo. Não precisava levantar um dedo, só pra comer bolo. Só pra pentear o cabelo e mandar alguém comprar revista. Foram bem uns cem dólares só em revista. Quer saber, foi isso. Ficar olhando pr'aquelas fotos de gente famosa. Lendo esses sonhos. Foi aí que ela começou a andar pela estrada. Todo dia andava um pouco mais. Um quilômetro, e voltava. Dois quilômetros, e voltava. Um dia, ela simplesmente continuou andando." Cobriu os olhos novamente, a respiração dele parecia um fiapo. "O corvo que dei pra ela fugiu de volta pro mato. Dava para ouvir, o verão todo. No quintal. Na horta. No mato. Aquele bicho maldito chamou o verão inteiro: 'Lulamae, Lulamae'."

Curvado e quieto, ele parecia escutar o chamado desse verão antigo. Levei nossas comandas até o caixa. Enquanto eu pagava, ele se aproximou. Saímos juntos e caminhamos até a avenida Park. Era uma tarde fresca e ventosa; toldos afetados batiam à brisa. O silêncio entre nós continuou até que perguntei: "E o irmão? Não fugiu também?".

"Não, senhor", respondeu, pigarreando. "O Fred ficou com a gente até que o levaram pro Exército. Bom garoto. Bom com os cavalos. Não sabia o que tinha dado na Lulamae, como é que ela podia deixar o irmão, o marido e as crianças. Mas, depois que entrou pro Exército, o Fred começou a ter notícias dela. Faz uns dias, ele me escreveu e mandou o endereço dela. Foi aí que vim atrás dela. Sei que ele lamenta o que ela fez. Sei que ela quer voltar pra casa." Parecia me pedir que concordasse. Eu lhe disse que talvez ele encontrasse Lulamae um tanto mudada. "Escute, filho", ele disse quando chegamos à escadaria do prédio, "já disse que preciso de um amigo. Porque não quero pegar ela de surpresa. Não quero assustar. Foi por isso que fiquei aqui fora. Faça esse favor: diga a ela que estou aqui."

A ideia de apresentar a srta. Golightly ao marido tinha lá seu aspecto agradável; e, olhando para as janelas iluminadas, eu adoraria que seus amigos estivessem com ela, pois a perspectiva de ver o texano cumprimentando Mag, Rusty e José era ainda mais prazerosa. Mas os olhos graves e orgulhosos de Doc Golightly, o chapéu manchado de suor me deixaram vexado por ter criado tais expectativas. Ele me seguiu prédio adentro e fez menção de esperar ao pé da escada. "Estou bem?", sussurrou, espanando as mangas do paletó e apertando o nó da gravata.

Holly estava sozinha. Abriu rapidamente a porta; na verdade, estava de saída — sandálias de salto e cetim branco e litros de perfume anunciavam planos de gala. "Bem, seu bobo", ela disse, brincando de me bater com a bolsa. "Estou com muita pressa para fazer as pazes agora. Amanhã fumamos o cachimbo da paz, ok?"

"Desculpe, Lulamae. Só se você ainda estiver por aqui amanhã."

Ela tirou os óculos escuros e apertou os olhos. Pareciam prismas estilhaçados, os pontos de azul e cinza e verde eram como pedacinhos de faísca. "Foi *ele* que lhe contou", disse numa voz sumida e trêmula. "Ai, por favor, *onde é* que ele está?" Ela correu para fora e gritou para baixo: "Fred! Fred! Onde você está, meu querido?".

Eu podia ouvir os passos de Doc Golightly subindo a escada. A cabeça dele apareceu por cima do corrimão, e Holly recuou, não de medo, mas como se recuasse para uma concha de decepção. Agora ele estava diante dela, servil e sem jeito. "Meu Deus, Lulamae", ele começou, hesitante, pois Holly olhava para ele com ar vago, como se não entendesse direito. "Nossa, mas não lhe dão comida por aqui? Está tão magrinha. Que nem da primeira vez. Os olhos assustados de novo."

Holly tocou o rosto dele; os dedos dela testavam a realidade do queixo, da barba rala. "Oi, Doc", ela disse delicadamente e lhe deu um beijo no rosto. "Oi, Doc", repetiu alegremente, enquanto ele a levantava no ar com um abraço de quebrar as costelas. "Meu Deus, Lulamae. Louvado seja."

Nenhum dos dois me notou quando me espremi para passar por eles e subi para o meu apartamento. Nem pareciam se dar conta de madame Sapphia Spanella, que abriu a porta e gritou: "Silêncio! Isso é uma vergonha. Vá se esfregar em outro canto".

"*Se pedi o divórcio?* É claro que nunca me divorciei. Eu só tinha catorze anos, meu Deus. Não podia ser um casamento *legal.*" Holly tamborilava numa taça vazia de martíni. "Mais duas, Joe querido."

Joe Bell, estávamos no bar dele, relutou em aceitar o pedido. "Devagar com o andor, ainda é cedo", ele reclamou, esmagando uma latinha de antiácido. Não era nem meio-dia, segundo o relógio de mogno escuro atrás do bar, e ele já nos servira três rodadas.

"Mas é domingo, sr. Bell. Os relógios ficam lerdos no domingo. Além disso, ainda não fui para a cama", ela lhe disse, e confidenciou para mim: "Pelo menos não para dormir". Enrubesceu e olhou para o lado, com ar de culpada. Pela primeira vez desde que nos conhecíamos, ela parecia querer se justificar: "Bem, não teve jeito. Doc me ama de verdade, sabe? E eu o amo. Ele pode até parecer velho e malvestido para *você*. Mas você não imagina como ele é doce, a segurança que ele dá a passarinhos, crianças, a todas as criaturinhas. Você fica devendo um bocado para quem já lhe deu segurança na vida. Sempre lembro de Doc nas minhas orações. E pare com essa risadinha de deboche!", ela exigiu, apagando um cigarro. "É verdade, eu rezo *mesmo.*"

"Não estou rindo. Estou sorrindo. Você é incrível mesmo."

"Devo ser", respondeu; e o rosto, abatido, meio surrado à luz da manhã, iluminou-se; ela ajeitou os cabelos desgrenhados, e as cores rebrilharam como num anúncio de xampu. "Devo estar um horror. Mas quem não ficaria assim? Passamos o resto da noite andando pela rodoviária. Até o fim Doc imaginou que eu iria com ele. Por mais que eu dissesse: Doc, não tenho mais catorze anos, não sou Lulamae! Mas o pior (e foi só lá que percebi), o pior é que ainda sou Lulamae. Ainda estou roubando ovos e correndo no meio do espinheiro. Só que agora digo que a coisa está preta."

Joe Bell trouxe desdenhosamente os martínis.

"Não ame nunca um bicho selvagem, sr. Bell", Holly o aconselhou. "Esse foi o erro de Doc. Sempre voltava para casa com alguma coisinha selvagem. Um falcão de asa machucada. Até um lince crescido com pata quebrada. Mas não dá para entregar o coração a um bicho desses: quanto mais você dá, mais forte ele fica. Até que fica forte o bastante para voltar para o mato. Ou para voar até uma árvore, depois para outra mais alta, depois para o céu. É assim que acaba, sr. Bell. Se a gente amar um bicho selvagem, vai acabar olhando para o céu."

"Ela está bêbada", Joe Bell me informou.

"Só um pouco", Holly confessou. "Mas Doc entendeu o que eu disse. Expliquei bem devagar, sabia que ele iria entender. Ele me deu a mão, nós nos abraçamos e desejamos boa sorte um para o outro." Ela olhou rapidamente para o relógio. "A esta hora deve estar lá pela serra Azul."

"Do que é que ela está falando?", Joe Bell perguntou.

Holly ergueu o martíni. "Vamos desejar boa sorte a Doc também", ela disse, tocando meu copo. "Boa sorte. E acredite em mim, Doc, mais vale ficar olhando para o céu do que morar aqui. Lugar mais vazio, mais vago! Nesta terra o trovão bate e tudo some."

CASAMENTO DE TRAWLER DIA 4. Eu estava no metrô, em algum ponto do Brooklyn, quando vi essa manchete. O jornal pertencia a outro passageiro. A única parte do texto que eu consegui ler trazia: *Rutherford "Rusty" Trawler, o playboy milionário acusado de simpatizar com o nazismo, escapuliu para Greenwich no sábado com uma bela...* Não que eu quisesse ler o restante. Então Holly se casara com ele; muito bem, muito bem. Eu queria estar embaixo dos trilhos do metrô. Mas já desejava isso antes de dar com a manchete. Por um punhado de razões. Não encontrara Holly — não de verdade — desde o nosso domingo de porre no bar de Joe Bell. Nas semanas seguintes, fora minha vez de ver a coisa ficar preta. Para começar, tinha sido despedido do emprego: merecidamente, por um caso curioso de mau comportamento, complicado demais para contar aqui. Além disso, meu comitê de alistamento vinha demonstrando um incômodo interesse por mim; e, tendo escapado recentemente à ordem-unida de uma cidadezinha, eu me desesperava com a ideia de me submeter a uma nova forma de vida disciplinada. Entre a possibilidade de alistamento e a falta de qualquer experiência, parecia difícil encontrar um novo emprego. Num vagão de metrô no meio do Brooklyn, voltava de uma entrevista desanimadora com um editor do agora extinto jornal *PM*. Tudo isso, combinado ao calor veranil da cidade, tinha me reduzido a um estado de inércia nervosa. De modo que a história de ter vontade de ficar sob os trilhos do metrô não era um blefe completo. A manchete tornou o desejo imperioso. Se Holly podia casar com aquele "feto absurdo", então os exércitos do mal que corriam pelo mundo podiam perfeitamente marchar por cima de mim. Ou quem sabe — e a pergunta é retórica — estava indignado por estar eu mesmo apaixonado por Holly? Pode ser. Pois eu *estava* apaixonado por ela. Assim como já estivera apaixonado pela velha cozinheira negra de minha mãe e pelo carteiro que me deixava fazer a ronda e por toda a família McKendrick. Essa espécie de amor também gera ciúme.

Na estação em que desci, comprei um jornal; e, lendo o final daquela frase, descobri que a noiva de Rusty era *uma bela modelo das colinas de Arkansas, a srta. Margaret Thatcher Fitzhue Wildwood*. Mag! Minhas pernas ficaram tão bambas de alívio que tomei um táxi até minha casa.

Encontrei madame Sapphia Spanella no vestíbulo, revirando os olhos e torcendo as mãos. "Corra! Chame a polícia! Ela está matando alguém! Alguém está acabando com ela!"

Era isso mesmo que parecia. Como se tivessem soltado tigres no apartamento de Holly. Um fuzuê de vidro espatifado, tecido rasgado e mobília virada. Mas não havia gritaria, o que soava estranho. "Corra!", madame Spanella berrou, empurrando-me. "Diga à polícia que é assassinato!"

Corri, mas corri em direção ao apartamento de Holly. Os murros na porta surtiram efeito: a balbúrdia cedeu, parou por inteiro. Mas minhas súplicas para entrar não tiveram resposta, e meus esforços de pôr a porta abaixo só culminaram num ombro machucado. Então ouvi, lá embaixo, madame Spanella ordenando a um recém-chegado que chamasse a polícia. "Cale a boca", disseram, "e saia da frente."

Era José Ybarra-Jaegar. Suado e assustado, não lembrava em nada o elegante diplomata brasileiro. Mandou que eu saísse da frente também. E, usando a própria chave, abriu a porta. "Entre aqui, dr. Goldman", disse, acenando para um homem que o acompanhava.

Como ninguém me impediu, eu os segui para dentro do apartamento, que tinha sido devastado. A árvore de Natal fora enfim desmantelada, literalmente, seus galhos secos estavam espalhados num monturo de livros rasgados, lâmpadas e discos quebrados. Até a geladeira fora esvaziada; e a comida, jogada pelo quarto: ovos crus escorriam pelas paredes, e, no meio do entulho, o gato sem nome de Holly lambia calmamente uma poça de leite.

No quarto, o cheiro de vidros de perfume espatifados me virou o estômago. Pisei nos óculos escuros de Holly, caídos pelo chão, com as lentes já estilhaçadas e a armação quebrada ao meio.

Talvez fosse por isso que Holly, deitada rigidamente na cama, olhava de um modo tão vazio para José, como se não visse o médico, que, sentindo-lhe o pulso, cantarolava: "Você é só uma mocinha cansada. Muito cansada. Querendo dormir, não é? Durma".

Holly deixou uma nódoa de sangue na testa, ao esfregá-la com um dedo cortado. "Dormir", ela choramingou como uma criança exausta e inquieta. "Só ele me deixava. No frio, ele me deixava dormir abraçada com ele. Tem um lugar no México. Com cavalos. Perto do mar."

"Com cavalos, perto do mar", o médico a ninava, tirando uma seringa da maleta preta.

José virou o rosto, aflito à vista de uma seringa. "A doença é só desgosto?", quis saber, seu inglês obscuro conferindo ironia involuntária à questão. "Está apenas desgostosa?"

"Não doeu nada, doeu?", perguntou o médico, satisfeito, passando um chumaço de algodão no braço de Holly.

Ela se recompôs o suficiente para encarar o médico. "*Tudo* está doendo. Onde estão meus óculos?" Não precisou deles. Os olhos se fechavam de moto próprio.

"É apenas desgosto?", José insistiu.

"Por favor, senhor", o médico foi bastante seco, "faça a gentileza de me deixar a sós com a paciente."

José se retirou para a sala, onde soltou os bofes contra a presença abelhuda e furtiva de madame Spanella. "Não me toque! Vou chamar a polícia!", ela o ameaçou, enquanto era açoitada para fora com palavrões em português.

Ele pensou em me enxotar também; pelo menos foi o que deduzi da sua expressão. Em vez disso, porém, convidou-

-me para um drinque. Encontramos uma só garrafa inteira, de vermute seco. "Tenho medo", ele confidenciou. "Tenho medo que ela faça um escândalo. Que quebre tudo. Que se comporte como louca. Não posso me envolver num escândalo público. É delicado: meu nome, meu trabalho."

Ele pareceu mais animado quando eu disse que não havia razão para um "escândalo"; demolir os próprios pertences não passava de uma questão particular.

"É apenas uma questão de desgosto", declarou firmemente. "Quando a tristeza veio, primeiro ela jogou o drinque. A garrafa. Os livros. Um abajur. Então fiquei com medo. Chamei o médico imediatamente."

"Mas por quê?", eu quis saber. "Rusty merece um chilique? Se eu fosse ela, estaria comemorando."

"Rusty?"

Ainda estava com o jornal e lhe mostrei a manchete.

"Ah, isso", José sorriu com desdém. "Fazem um grande favor, Rusty e Mag. Rimos muito: eles acham que partem nosso coração quando o tempo todo *queremos* que deem o fora. Posso garantir, rimos muito até que a tristeza veio." Seus olhos vasculharam o entulho no chão; ele se inclinou para pegar uma bola de papel. "Isto."

Era um telegrama de Tulip, Texas: "Recebi notícia jovem Fred morto em ação ponto marido e filhos compartilham pesar perda comum ponto carta segue amor Doc".

Depois desse dia Holly nunca mais falou do irmão — só uma vez. Além disso, parou de me chamar de Fred. Durante junho, julho, meses de calor, ela hibernou como um animal que não tivesse notado a primavera chegar e partir. Os cabelos escureceram, ela ganhou peso. Descuidou das roupas: habituou-se a correr até a delicatéssen usando apenas uma capa de chuva, sem nada por baixo. José se mudou para o apartamento dela, o seu nome substituiu o de Mag Wildwood na caixa de correio. Mesmo assim, Holly passava boa parte do tempo sozinha, pois José trabalhava em Washington três dias por semana. Durante essas ausências, ela não recebia ninguém, e raramente saía do apartamento — exceto às quintas-feiras, quando fazia sua jornada semanal a Ossining.

O que não quer dizer que tivesse perdido o interesse pela vida; longe disso, parecia mais contente, até mais feliz do que eu jamais a vira. Um súbito entusiasmo pela casa, nada holliano, resultou em várias compras nada hollianas: arrematou, num leilão da Parke-Bernet, uma tapeçaria com cena de caça ao cervo, e levou do espólio de William Randolph Hearst um par de sinistras "espreguiçadeiras" góticas; comprou a coleção completa da Modern Library, prateleiras inteiras de discos clássicos, inumeráveis reproduções do Metropolitan Museum (inclusive a estátua de um gato chinês, odiada por seu próprio gato, que não só a ameaçou como acabou por destruí-la), uma batedeira Waring, uma panela de pressão e uma biblioteca completa de livros sobre culinária. Durante tardes inteiras passava por dona de casa, entornando tudo no suadouro da minúscula cozinha: "José diz que a minha comida é melhor que a do Colony. Quem diria que eu revelaria um talento assim? Há um mês, nem ovos mexidos eu sabia fazer". Aliás, ainda não sabia. Pratos simples, como bife e salada, estavam além das suas habilidades. Em vez disso, servia a José, e ocasionalmente a mim, sopas *outrées* (tartaruga de água doce flambada e servida em abacates cortados ao meio), novidades neronianas (faisão ao forno recheado com romã e caqui) e outras invenções dúbias (frango e arroz de açafrão ao molho de chocolate: "um clássico indiano, *querido*"). O racionamento de açúcar e creme restringia a sua imaginação quando se tratava de doces — ainda assim, certa vez conseguiu preparar uma tal de tapioca ao tabaco: melhor não descrever.

Também é melhor não descrever suas tentativas de aprender português, um martírio penoso tanto para ela como para mim, pois a qualquer hora que a visitasse os discos da Linguaphone não paravam de girar na vitrola. Além disso, ela raramente dizia uma frase que não começasse com "Depois do casamento..." ou "Quando nos mudarmos para o Rio...". José, porém, ela mesma admitia, jamais mencionara a palavra *casamento*. "Mas, afinal de contas, ele *sabe* que estou gravidinha. Pois é, querido, estou. Faz seis semanas. Não vá me dizer que ficou surpreso com *isso*. Eu não fiquei. Nem *un peu*. Estou feliz da vida. Quero ter nove, pelo menos. Tenho certeza de que alguns vão sair bem morenos. José tem um toque de *nègre*, você deve ter notado, não? Isso não é problema para mim: tem coisa mais bonita que um bebê escurinho com lindos olhos verdes? Eu queria, por favor não ria, eu queria ser virgem para ele, para José. Não que eu tenha dado mais que chuchu na serra, como dizem por aí: não culpo os filhos da mãe pelo que *dizem* a meu respeito, eu sempre tive esse jeito descontraído mesmo. Mas é sério: uma noite dessas, fiz as contas e descobri que só tive onze amantes — sem contar nada do que aconteceu antes dos treze porque, afinal de contas, isso não *conta* mesmo. Onze. E só por isso sou uma prostituta? Pense em Mag Wildwood. Ou em Honey Tucker. Ou em Rose Ellen Ward. Já passaram tanto de mão em mão que parecem sabonete. É claro que não tenho nada *contra* as prostitutas. Só uma coisa: algumas até que têm a língua franca, mas todas tem o coração desonesto. Quer dizer, você não pode transar com o sujeito e passar a mão na grana e nem *tentar* acreditar que o ama. Nunca fiz isso. Nem com Benny Shacklett nem com todos esses roedores. Eu meio que me hipnotizava para achar alguma graça naquelas caras de rato. Na verdade, tirando Doc, mas Doc não conta mesmo, José é o meu primeiro romance que não tem nada a ver com ratos. Ah, ele não é meu ideal de homem. Conta mentirinhas e se preocupa com o que os outros vão *pensar* e toma uns cinquenta banhos por dia — mas os homens precisam ter *algum* cheiro. Formal demais, cuidadoso demais para ser o homem ideal; sempre fica de costas para tirar a roupa e faz muito barulho quando come, e não gosto de vê-lo correndo porque ele tem um quê de ridículo quando corre. Se eu pudesse escolher entre todos os homens vivos, estalar os dedos e dizer venha cá, você aí, eu não ficaria com José. Estou mais para Nehru. Wendell Wilkie. E ficava com Garbo quando ela quisesse. Por que não? Qualquer um deveria poder casar com um homem ou uma mulher — escute, se você viesse me dizer que queria juntar os trapinhos com o garanhão Man o'War, eu iria respeitar os seus sentimentos. É sério. O amor deveria ser livre. Sou totalmente a favor. Agora que faço uma boa ideia do que é amar. Porque *amo* José — até paro de fumar, se ele pedir. Ele é *gentil*, sabe me fazer rir quando a coisa está preta, ainda bem que não tem estado preta nos últimos tempos, só às vezes, e, mesmo quando não está uma beleza e preciso tomar Seconal ou me arrastar até a Tiffany's, levo o terno dele para a lavanderia ou me entupo de cogumelos e me sinto melhor, bem mesmo. Tem mais, joguei fora os meus horóscopos. Devo ter gastado um dólar para cada maldita estrela do maldito planetário. É maçante, mas a verdade é que as coisas boas só acontecem se a gente for uma boa pessoa. Boa, não, honesta é melhor. Não honesta no que diz respeito à lei — eu violaria um túmulo e roubaria os olhos do morto se isso servisse para melhorar o dia —, mas honesta consigo mesma. Tudo, menos ser covarde, embusteiro, destruidor de corações ou prostituta: prefiro ter câncer a ter um coração desonesto. Não é questão de ser carola. É questão de ser prática. O câncer *pode* acabar com você, mas a outra coisa *vai* acabar com você. Ah, dane-se, doçura. Passe pra cá o violão, que vou cantar um *fado* para você, no português *mais* perfeito do mundo."

Essas semanas finais, entre o fim do verão e o começo do outono, se embaçam na memória, talvez porque nossa compreensão mútua tivesse atingido aquela doce profundidade em que duas pessoas se comunicam mais em silêncio do que com palavras: uma calma afetuosa toma o lugar das tensões, do falatório e da brigalhada sem fim que produzem os momentos mais vistosos, mais superficialmente dramáticos de uma amizade. Frequentemente, quando *ele* estava fora (eu me tornara um tanto hostil em relação a *ele*, e evitava dizer seu nome), passávamos juntos noites inteiras, durante as quais trocávamos menos de cem palavras; certa vez, caminhamos até Chinatown, comemos macarrão, compramos algumas lanternas de papel e roubamos uma caixa de incenso; então vagabundeamos até a ponte do Brooklyn e, no alto da ponte, vendo os navios que saíam para o mar entre os precipícios da cidade reluzente, ela disse: "Daqui a muitos e muitos anos, um desses navios vai me trazer de volta, com os meus nove pirralhos brasileiros. Porque eles precisam, *precisam* ver isso: as luzes, o rio. Eu amo Nova York, mesmo que não seja minha como alguma outra coisa ainda há de ser, uma árvore, uma rua, uma casa, alguma coisa, seja o que for, mas que seja minha porque sou dela". E eu disse: "Cale a boca", pois me sentia intoleravelmente excluído, um rebocador a seco, enquanto ela, brilhante passageira com destino assegurado, fumegava enseada afora, com apitos de sirene e serpentinas no ar.

E assim os dias, os últimos dias, turvam-se na memória, nebulosos, outonais, semelhantes a folhas de árvore: exceto um dia em especial, diferente de todos que vivi.

Aquele dia calhou de ser 30 de setembro, dia do meu aniversário, o que não teve nenhuma influência sobre os acontecimentos, a não ser por um detalhe: contando com algum tipo de recordação monetária da parte da minha família, eu aguardava ansiosamente a visita matinal do carteiro. Cheguei a descer as escadas para esperar por ele. Se eu não estivesse à toa no vestíbulo, Holly não me teria convidado para cavalgar; e não teria, consequentemente, tido ocasião de salvar minha vida.

"Vamos lá", ela disse, ao me ver esperando pelo carteiro. "Vamos andar a cavalo pelo parque." De blusão, calça jeans e tênis, deu um tapinha na barriga, chamando atenção para o ventre achatado: "Não pense que quero perder o herdeiro. Mas tem um cavalo que preciso ver, a minha Mabel Minerva querida... Não posso ir embora sem dizer adeus para a Mabel Minerva".

"Adeus?"

"Vamos viajar daqui a uma semana, contando a partir de sexta-feira. José comprou as passagens," Numa espécie de transe, deixei que ela me guiasse pela rua. "Vamos trocar de avião em Miami. Então voaremos sobre o mar. Sobre os Andes. Táxi!"

Sobre os Andes. Enquanto cruzávamos de táxi o Central Park, eu parecia voar também, flutuando desolado sobre um território perigoso, coberto de picos nevados.

"Mas você não pode ir. Afinal de contas, como assim... Bem, como assim... Você não pode sumir *de verdade* e abandonar todo mundo."

"Ninguém vai sentir minha falta. Não tenho amigos."

"Eu vou. Vou sentir sua falta. Joe Bell também. E, bem, milhões de pessoas. Sally, por exemplo. O pobre Tomato."

"Eu adorava o velho Sally", ela suspirou. "Sabe que faz um mês que não o vejo? Quando contei que ia embora, ele foi um anjo. Na *verdade*", ela franziu o cenho, "ele pareceu *feliz* ao saber que eu iria deixar o país. Disse que era melhor assim.

Porque cedo ou tarde poderia haver problemas. Se descobrissem que eu não era realmente sua sobrinha. O advogado gordo, O'Shaughnessy, mandou quinhentos dólares para mim. Em dinheiro vivo. Presente de casamento de Sally."

Tive vontade de ser grosseiro. "Pode esperar um presente de mim também. Quando e se o casamento acontecer."

Ela riu. "Ele vai casar comigo, pode deixar. Na igreja. E com toda a família presente. É por isso que vamos esperar até chegarmos ao Rio."

"Ele sabe que você já é casada?"

"Mas o que deu em você? Está tentando acabar com o meu dia? O dia está lindo, deixe disso!"

"Mas é perfeitamente possível..."

"Não tem *nada* de possível. Já disse, não me casei legalmente. Não *poderia* casar legalmente." Ela esfregou o nariz e me olhou de esguelha. "Experimente tocar nesse assunto, querido, que o penduro pelos pés e o preparo feito um porco."

Os estábulos — parece que agora foram transformados em estúdios de televisão — ficavam na rua 66, lado oeste. Holly escolheu para mim uma velha égua enselada, malhada em branco e preto: "Não se preocupe, é mais segura que um berço". O que, no meu caso, era uma garantia necessária, uma vez que passeios a dez centavos nos pôneis das matinês de Carnaval eram toda a minha experiência equestre. Holly me ajudou a montar, depois montou seu próprio cavalo, um animal prateado que tomou a dianteira, andando a passo lento pelo tráfego do Central Park e tomando uma trilha sarapintada de folhas que a brisa fazia dançar.

"Está vendo?", ela gritou. "É uma maravilha."

E subitamente era mesmo. Subitamente, vendo as cores emaranhadas dos cabelos de Holly brilhar à luz rubro-amarela das folhas, eu a amei o suficiente para esquecer de mim, dos meus ataques de autocomiseração, e para ficar satisfeito de ver que estava para acontecer algo que a fazia feliz. Muito aos poucos, os cavalos começaram a trotar, ondas de brisa vinham nos borrifar, batiam em nossos rostos, mergulhávamos em poças de sol e sombra, e a alegria, o prazer de estar vivo sacolejou meu corpo como uma injeção de nitrogênio. Essa sensação durou um momento; o seguinte introduziu a feição cruel da farsa.

Pois, de repente, como cúmplices ensandecidos de uma emboscada na selva, um bando de garotos negros saltou das moitas ao longo da trilha. Ululando, praguejando, atiravam pedras e batiam com varas nas ancas dos cavalos.

O meu, a égua malhada, ergueu-se nas patas traseiras, relinchou, cambaleou como um equilibrista e então disparou como um relâmpago pela trilha, soltando meus pés dos estribos e me deixando mal e mal preso à sela. Seus cascos faziam os pedregulhos cuspir faíscas. O céu queria emborcar. Árvores, um lago com veleiros de criança e estátuas passaram num piscar de olhos. As babás corriam para salvar suas cargas preciosas de nossa apavorante arremetida; homens, mendigos e outros mais gritavam: "Puxe as rédeas!", "Eia, rapaz, eia!" e "Pule!". Foi mais tarde que lembrei dessas vozes; na hora, só tinha consciência de Holly, do som da sua cavalgada digna de caubói atrás de mim, sem nunca me alcançar, sem parar de me encorajar. E lá fomos nós: cruzando o parque, entrando pela Quinta Avenida, desabalando contra o trânsito do meio-dia: táxis e ônibus guinando e cantando os pneus. Deixando para trás a mansão Duke, o museu Frick, o Pierre e o Plaza. Mas Holly ganhava terreno; além disso, um policial a cavalo juntara-se à perseguição: flanqueando minha égua desembestada, um de cada lado, seus cavalos fizeram um movimento de pinça que a fez parar, suarenta. Foi só então, afinal, que caí da sela. Caí e me recompus; levantei sem saber muito bem onde estava. Uma multidão se formou. O policial bufava e escrevia numa caderneta; rapidamente se mostrou mais simpático, sorriu e disse que cuidaria para que nossos cavalos fossem devolvidos ao estábulo.

Holly nos meteu num táxi. "Querido, como você está?"

"Estou bem."

"Mas nem dá para sentir o seu pulso", ela disse, segurando meu braço.

"Então devo estar morto."

"Não, seu bobo. É sério. Olhe para mim."

O problema é que eu não conseguia vê-la; ou melhor, eu via várias Hollys, um trio de rostos suados, tão pálidos de preocupação que fiquei ao mesmo tempo tocado e constrangido.

"Não sinto nada, honestamente. Só vergonha."

"Por favor! Tem certeza? Não minta para mim. Você poderia ter morrido."

"Mas não morri. E obrigado. Por salvar a minha vida. Você é maravilhosa. Única. Eu amo você."

"Seu bobo", ela me beijou no rosto. Então vi quatro Hollys e caí duro, desmaiado.

Naquela noite, fotografias de Holly estavam na capa da edição vespertina do *Journal-American*, no *Daily News* e no *Daily Mirror*. A publicidade não tinha nada a ver com cavalos desembestados. Dizia respeito a coisa bem diferente, como revelavam as manchetes: GAROTA DE PROGRAMA PRESA EM ESCÂNDALO DE NARCÓTICOS (*Journal-American*), TRANCAFIADA ATRIZ TRAFICANTE (*Daily News*), REVELADO ESQUEMA DE DROGAS, MANECA DETIDA (*Daily Mirror*).

Dos três, o *News* estampou a fotografia mais impressionante: Holly entrando na delegacia, prensada entre dois detetives musculosos, um homem e uma mulher. Naquele contexto sórdido, até mesmo suas roupas (ela ainda estava com os trajes de montaria, blusão e calças jeans) sugeriam uma gângster arruaceira: impressão que os óculos escuros, o penteado desfeito e o cigarro Picayune pendendo dos lábios amuados não contribuíam em nada para desfazer. A legenda dizia: "Procuradoria acusa Holly Golightly, 20, beldade hollywoodiana e celebridade boêmia, de ser peça-chave em esquema internacional de tráfico de drogas ligado ao contrabandista Salvatore 'Sally' Tomato. Os investigadores Patrick Connor e Sheilah Fezzonetti (da esq. para a dir.) a conduzem à delegacia da rua 67. Ver reportagem à pág. 3". A matéria, exibindo uma fotografia de um homem identificado como Oliver "Father" O'Shaughnessy (que ocultava o rosto com um chapéu), ocupava três colunas. Seguem aqui, ligeiramente condensados, os parágrafos pertinentes:

> O mundo boêmio ficou pasmo diante da prisão da bela Holly Golightly, 20, notória garota de Hollywood que tenta a sorte em Nova York. No mesmo instante, 14h00, a polícia pôs as mãos em Oliver O'Shaughnessy, 52, do Hotel Seabord, rua 49 Oeste, quando saía do Hamburg Heaven da avenida Madison. Ambos são acusados pelo procurador Frank L. Donovan de ser importantes figuras de um esquema internacional de tráfico de drogas dominado pelo célebre *führer* mafioso Salvatore "Sally" Tomato, atualmente em Sing Sing cumprindo pena de cinco anos por corrupção de políticos. [...] O'Shaughnessy, padre que largou a batina e se tornou conhecido no submundo como "Father" ou "The Padre", tem um histórico de prisões que recua até 1934, quando cumpriu dois anos por operar o Monastério, um sanatório psiquiátrico de fachada, em Rhode Island. A srta. Golightly, que não tem histórico criminal, foi detida em seu luxuoso apartamento num endereço elegante de East Side. [...]

Muito embora a procuradoria não tenha feito nenhuma declaração oficial, fontes confiáveis insistem que a loira e bela atriz, até há pouco tempo companheira constante do multimilionário Rutherfurd Trawler, vem agindo como agente de ligação entre Tomato, atrás das grades, e seu lugar--tenente O'Shaughnessy. [...] Fazendo-se passar por parente de Tomato, a srta. Golightly teria feito visitas semanais a Sing Sing, e nessas ocasiões Tomato lhe transmitia verbalmente mensagens cifradas que ela então repassava a O'Shaughnessy. Por esse expediente, Tomato, presumivelmente nascido em Cefalù, Sicília, em 1874, controlava uma rede mundial de narcóticos, com filiais no México, em Cuba, na Sicília, em Tânger, Teerã e Dacar. Mas a procuradoria recusou-se a dar detalhes sobre tais alegações e mesmo a confirmá-las. [...] Ao saber do caso, grande número de jornalistas acorreu à delegacia da rua 67 Leste, quando o par de acusados chegou para ser fichado. O'Shaughnessy, um ruivo corpulento, recusou-se a comentar o caso e golpeou um cameraman na virilha. Mas a srta. Golightly, exuberante apesar de vestida como um rapaz (usava calças jeans e blusão), parecia relativamente despreocupada. "Não me perguntem que diabo está acontecendo", declarou aos jornalistas. *"Parce que je ne sais pas, mes chères"* ("Porque não sei de nada, meus queridos"). "Visitava Sally Tomato, é verdade. Ia vê-lo toda semana. O que há de errado nisso? Ele acredita em Deus, e eu também."

E sob a chamada ADMITE O PRÓPRIO VÍCIO: "A srta. Golightly sorriu quando um jornalista perguntou se era usuária de narcóticos. 'Já experimentei maconha. Não causa metade do estrago da bebida. É mais barato, também. Infelizmente, prefiro beber. Não, o sr. Tomato jamais falou de drogas comigo. Fico furiosa de ver como essa gente mesquinha continua a persegui-lo. Ele é um homem sensível e religioso. Um velhinho adorável'".

Há um erro especialmente crasso na matéria: ela não foi detida em seu "luxuoso apartamento". Tudo aconteceu no meu próprio banheiro. Eu estava afogando minhas dores equestres numa banheira de água escaldante com sais de Epsom; Holly, enfermeira dedicada, estava sentada à beira da banheira, esperando para me esfregar com unguento e me pôr na cama. Ouvimos uma batida na porta da frente. Enquanto a porta se abria, Holly dizia que entrassem, e lá veio madame Sapphia Spanella, seguida de um par de investigadores à paisana, um dos quais uma mulher de tranças grossas e loiras enroladas no alto da cabeça.

"*Aqui* está ela: a mulher que vocês procuram!", madame Spanella exultou, invadindo o banheiro e apontando o dedo, primeiro para Holly, depois para minha nudez. "Vejam só que prostituta ela é!" O homem pareceu constrangido — por madame Spanella e pela situação; mas uma satisfação severa retesava o rosto de sua companheira, que deixou cair a mão no ombro de Holly e, numa surpreendente voz de bebê, disse: "Vamos lá, irmãzinha. Hora de passear". Ao que Holly retrucou calmamente: "Tire essa lixa de cima de mim, sua sapatona velha e babona". Foi o bastante para enfurecer a tal, que bateu com toda a força em Holly. Com tanta força, que a cabeça de Holly virou para o lado e o vidro de unguento, escapando-lhe da mão, foi se espatifar nas lajotas do chão — e eu, deixando a banheira para engrossar a refrega, pisei nos cacos e quase fiquei sem os dedões. Nu e deixando um rastro de pegadas sanguinolentas, segui a ação até as escadas. "Não esqueça", Holly conseguiu me instruir enquanto os investigadores a empurravam para baixo, "dê de comer ao gato."

É claro que pensei que a culpada fosse madame Spanella: várias vezes chamara as autoridades para dar queixa de Holly. Não me ocorreu que o caso pudesse ter conexões mais escusas até a noite em que Joe Bell apareceu, agitando os jornais. Estava ansioso demais para falar qualquer coisa sensata; dava voltas pelo quarto, esmurrando as mãos, enquanto eu lia as reportagens.

Então perguntou: "Será que é verdade? Ela estava envolvida nessa sujeira?".

"Bem, parece que sim."

Ele entornou um antiácido na boca e, de olhos fixos em mim, engoliu-o como se esmigalhasse meus ossos. "Rapaz, isso não se diz. E você falava que era amigo dela. Que filho da mãe!"

"Calma aí. Não disse que ela *sabia* o que estava fazendo. Não sabia. Mas o fato é que ela fez. Levava mensagens e vá saber..."

Ele disse: "E você fica calmo, não é? Jesus, ela pode pegar dez anos. Mais até". Arrancou os jornais das minhas mãos. "Você conhece os amigos dela. Esses ricaços. Vamos até o bar, vamos começar a ligar para eles. A garota vai precisar de um advogado mais bacana do que posso pagar."

Eu estava dolorido e trêmulo demais para me vestir; Joe Bell precisou me ajudar. De volta ao bar, ele me instalou na cabine do telefone com um martíni triplo e um copo cheio de moedas. Mas eu não sabia para quem ligar. José estava em Washington, e eu não fazia ideia de onde encontrá-lo por lá. Rusty Trawler? Não, aquele miserável, não! E mais: que outros amigos dela eu conhecia? Talvez Holly estivesse certa quando dissera que não tinha nenhum amigo de verdade.

Fiz uma ligação para Crestview 5-6958, Beverly Hills. O serviço de interurbanos dissera que esse era o telefone de O. J. Berman. A pessoa que atendeu informou que o sr. Berman estava numa sessão de massagem e não poderia ser perturbado: desculpe, tente mais tarde. Joe Bell se exaltou, eu deveria ter dito que era caso de vida ou morte; e insistiu que eu tentasse falar com Rusty. Primeiro, falei com o mordomo do sr. Trawler — o sr. e a sra. Trawler, ele informou, estão jantando; gostaria de deixar algum recado? Joe Bell berrou no aparelho: "Isso é urgente, meu senhor. Vida ou morte". O resultado é que me vi conversando com a ex-Mag Wildwood: "Vocês são malucos?", ela perguntou. "Meu marido e eu vamos simplesmente *processar* qualquer um que tente ligar nosso nome ao daquela garota *re*-pu-pu-pugnante e *de*-de-degenerada. Eu sempre soube que ela era uma cabeça-oca menos decente que uma cadela no cio. A prisão é o lugar certo para ela. E meu marido concorda comigo, mil por cento. Nós vamos simplesmente *processar*..." Desligando o aparelho, lembrei-me do velho Doc Golightly em Tulip, Texas; mas não, Holly não gostaria que eu ligasse para ele, ela me mataria no ato.

Telefonei novamente para a Califórnia; mas as linhas estavam ocupadas, continuaram ocupadas, e quando O. J. Berman finalmente falou do outro lado eu já tinha virado tantos martínis que ele mesmo precisou me dizer por que eu estava ligando: "É sobre a garota, não é? Já estou sabendo. Falei com Iggy Fitelstein. Iggy é o melhor do ramo em Nova York. Eu disse a ele: Cuide do caso, mande a conta para cá, só mantenha meu nome fora disso. Bem, devo isso à garota. Não que eu *deva* alguma coisa a ela. Ela é maluca. Uma impostora. Mas uma impostora *de verdade*, sabe? De qualquer modo, a fiança é só de dez mil. Não se preocupe, Iggy vai soltá-la hoje à noite — eu não ficaria surpreso se ela já estivesse em casa".

Mas não estava; nem voltou na manhã seguinte, quando desci para cuidar do gato. Não tendo a chave do apartamento, usei a escada de incêndio e abri a janela. O gato, deitado na cama, não estava sozinho: havia um homem ali, debruçado sobre uma mala. Nós dois, cada qual pensando que o outro fosse o ladrão, trocamos olhares embaraçados enquanto eu entrava pela janela. Ele tinha um rosto bonito, os cabelos engomados, e se parecia com José; além disso, na mala que estava fazendo colocara todo o guarda-roupa que José mantinha na casa de Holly, os sapatos e ternos de que ela cuidava com esmero, levando sempre ao sapateiro, à lavanderia. E perguntei, já sabendo a resposta: "Foi o sr. Ybarra-Jaegar que o mandou?".

"Sou primo dele", respondeu o homem, com um sorriso desconfiado e um sotaque beirando o impenetrável.

"Onde está José?"

Ele repetiu a pergunta, como se a traduzisse para outra língua. "Ah, *onde* ela está! Ela está esperando", respondeu e, como se me dispensasse, retomou suas atividades de camareiro.

Então... o diplomata estava planejando uma fuga. Bem, não fiquei surpreso muito menos infeliz. Mesmo assim, que golpe doloroso: "Ele deveria ser chicoteado".

O primo soltou um risinho, tenho certeza de que entendeu. Fechou a mala e exibiu uma carta: "Meu primo, ela me pede deixar isso para a garota. Faz favor?".

No envelope estava escrito: "À srta. H. Golightly — em mãos".

Sentei na cama de Holly, abracei o gato de Holly, e senti tanta pena de Holly quanto ela poderia sentir por si mesma.

"Sim, faço o favor."

E fiz, muito a contragosto. Mas não tive coragem de destruir a carta, nem força de vontade para conservá-la no meu bolso quando Holly, muito como quem não quer nada, perguntou se, por acaso, eu tinha notícias de José. Isso aconteceu duas manhãs depois; eu estava sentado à beira da cama dela, num quarto que cheirava a iodo e penico, um quarto de hospital. "Bem, meu querido", ela me cumprimentou, assim que entrei na ponta dos pés, trazendo um pacote de Picayunes e um arranjo de violetas de outono, "perdi o herdeiro." Não parecia ter nem doze anos: os cabelos cor de baunilha estavam penteados para trás, os olhos, uma vez na vida sem os óculos escuros, mostravam-se claros como água de chuva — era difícil acreditar que Holly estivera tão mal.

Mas era verdade: "Jesus, eu quase embarco. Sem brincadeira, a gorda quase me leva. Estava quase lá. Acho que nunca falei da gorda. Até porque só a conheci quando meu irmão morreu. Foi bem na hora em que eu estava pensando onde Fred tinha ido parar, o que era aquilo de Fred morrer; então eu a vi, comigo no quarto, embalando Fred no colo, a cadela gorda e nojenta na cadeira de balanço com Fred no colo e rindo alto feito uma louca. Achando graça! Mas é o que todo mundo um dia vai encontrar, meu amigo: essa *comedienne* esperando para rir por último. Entende por que fiquei maluca e quebrei tudo?".

Exceto pelo advogado que O. J. Berman contratara, eu era a única visita que haviam permitido. Ela dividia o quarto com outros pacientes, um trio de senhoras com ar de trigêmeas, que, examinando-me com um interesse extremo mas nada grosseiro, sussurravam especulações em italiano. Holly explicou: "Pensam que você foi a minha perdição, que é o culpado da minha desgraça. O sujeito que me deixou assim". E, a uma sugestão minha para corrigi-las, respondeu: "Não dá. Não falam inglês. E também não quero acabar com a diversão delas". Foi então que me perguntou sobre José.

No instante em que viu a carta, Holly apertou os olhos e forçou os lábios a um sorrisinho corajoso, que fez sua idade aumentar tremendamente. "Querido", ela me instruiu, "você pode abrir aquela gaveta e me passar a bolsa? Uma garota não pode ler uma coisa dessas assim, sem batom."

Guiando-se por um espelho minúsculo, ela empoou o nariz e maquiou todos os vestígios da garota de doze anos. Realçou os lábios com um tubinho, coloriu o rosto com outro. Passou lápis no contorno dos olhos, escureceu as pálpebras, borrifou 4711 no pescoço; atarraxou os brincos e ajeitou os óculos escuros; armada assim, e depois de constatar com desgosto o estado lamentável das unhas, Holly abriu a carta e deixou os olhos correrem por ela, o sorrisinho pétreo cada vez menor e mais duro. Por fim, pediu um Picayune. Tragou ("O sabor é de matar. Mas é divino") e, atirando a carta para mim, disse: "Quem sabe pode ser útil, se algum dia você escrever uma romance sobre ratos. Não seja egoísta, leia em voz alta. Quero ouvir também".

Começava assim: "Minha menina querida...".

Holly me interrompeu imediatamente. Queria saber o que eu achava da caligrafia. Eu não achava nada: uma letra cerrada, extremamente legível, sem nenhuma excentricidade. "Isso é ele da cabeça aos pés. Todo abotoado e constipado", ela declarou. "Continue."

> Minha menina querida, eu a amei, sabendo que você não era como as outras. Mas tente imaginar meu desespero ao descobrir, de modo tão brutal e público, o quanto você é diferente do tipo de mulher que um homem com a minha fé e a minha carreira almeja como esposa. Lamento verdadeiramente o infortúnio de sua situação presente e não encontro em meu coração nenhum impulso para me unir à condenação geral que a cerca. Do mesmo modo, espero que você não encontre

em seu coração nada contra mim. Tenho uma família e um nome a zelar, e sou um covarde quando se trata dessas instituições. Esqueça-me, linda menina. Já não estou aqui. Voltei para casa. Que Deus esteja sempre com você e com seu filho. Que Deus não seja como eu — José.

"E então?"
"De certo modo, parece bastante honesto. Até comovente."
"*Comovente?* Aquele sujeitinho quadrado!"
"Mas, afinal de contas, ele *diz* que é covarde; e, desse ponto de vista, você tem que entender..."

Holly, entretanto, não queria admitir que entendia; mas seu rosto, apesar do disfarce cosmético, confessava tudo. "Está bem, ele não é um rato qualquer. Não é um rato gigante, estilo King Kong, feito Rusty. Ou Benny Shacklett. Mas que droga, que diabo", ela disse, mordendo o punho como um bebê chorão, "eu o *amava*. Aquele rato."

O trio italiano imaginou uma *crise* amorosa e, atribuindo a culpa pelos gemidos de Holly a quem lhes parecia o responsável por eles, estalaram a língua para mim. Fiquei lisonjeado, orgulhoso por alguém pensar que Holly gostasse de mim. Ela se aquietou quando lhe ofereci mais um cigarro. Tragou e disse: "Deus lhe pague, rapaz. Deus lhe pague por montar tão mal. Se eu não tivesse dado uma de Calamity Jane, estaria agora esperando a comida numa casa de mães solteiras. Exercício extremo, foi isso. Mas joguei *la merde* no ventilador daquela turma de farda, disse que perdi porque a dona Sapata me deu aquele tapa. Sim, senhor, posso abrir vários processos, inclusive por prisão indevida".

Até esse momento, tínhamos evitado qualquer menção a suas tribulações mais sinistras, e essa referência zombeteira me pareceu aterradora, patética, por revelar tão definitivamente sua incapacidade de reconhecer a triste realidade à sua volta. "Escute, Holly", eu disse, pensando: seja firme, maduro, um verdadeiro tio. "Escute, Holly. Você não pode simplesmente fazer piada. Temos que fazer planos."

"Você é jovem demais para ser tão formal. Baixinho demais. Falando nisso, desde quando essa história é da sua conta?"

"Não é da minha conta mesmo. Só que somos amigos e eu estou preocupado com você. Gostaria de saber quais são seus planos."

Ela esfregou o nariz e se concentrou no teto. "Hoje é quarta-feira, não é? Então acho que vou dormir até sábado, dormir de verdade. Sábado de manhã, pretendo ir ao banco. Depois vou passar pelo apartamento e pegar uma ou duas camisolas e o vestido Mainbocher. Em seguida, vou me apresentar em Idlewild. Lá, como você sabe muito bem, tenho uma passagem perfeitamente válida para um voo perfeito. E, como você é meu amigo, eu o deixarei acenar um adeus. *Por favor*, pare de balançar a cabeça!"

"Holly, Holly. Você não pode fazer isso."

"*Et pourquoi pas*? Não estou correndo atrás de José, se é isso o que você está pensando. No que me diz respeito, ele agora é cidadão da Limbolândia. Mas, pense bem, por que eu deveria desperdiçar uma passagem perfeita? E já paga? Além do mais, nunca estive no Brasil."

"Mas que tipo de remédio dão aos pacientes aqui? Não vê que agora tem um processo nas suas costas? Se pegarem você violando a fiança, vão prendê-la e jogar a chave fora. Mesmo que você escape, nunca mais poderá voltar para casa."

"Grande coisa! De qualquer modo, *casa* é o lugar em que você se se sente em casa."

"Não, Holly, isso é uma estupidez. Você é inocente. Só tem que provar que está falando a verdade."

Ela disse: "Ah, sei, sei", e soprou a fumaça no meu rosto. Mas se deixou impressionar; os olhos dela se dilataram com visões tão sombrias quanto as minhas: celas de ferro, corredores de aço, portas que se fechavam. "Ora, que se dane", ela disse e apagou o cigarro. "Tenho uma boa chance de *não* ser pega. É só *você* ficar de *bouche fermée*. Olhe aqui. Não me recrimine, querido." Pôs a mão em cima da minha e a apertou com súbita e imensa sinceridade. "Não tenho muita escolha. Conversei com o advogado; bem, para *ele* não contei grande coisa *à propos* do Rio, ele mesmo daria a dica para a turma de farda, em vez de arriscar o pagamento e o dindim que O. J. pagou pela fiança. O. J. tem bom coração, Deus lhe pague, mas lá na outra costa eu o ajudei a ganhar mais de dez mil numa única rodada de pôquer: estamos quites. O trato de verdade é o seguinte: tudo que a polícia quer de mim são alguns favores e meu depoimento como testemunha da acusação contra Sally — não querem me processar, não têm nadinha contra mim. Bem, posso ser podre até o miolo, rapaz, mas testemunhar *contra* um amigo, isso eu não faço. Nem se provarem que ele dopou a enfermeira Kenny.*
O que me importa é como cada um me trata, e o velho Sally, bem, ele pode não ter sido absolutamente franco, vamos dizer que tirou alguma vantagem, mas sempre foi um cara legal, e prefiro que a gorda me leve a ajudar os tiras a pegar Sally de jeito." Inclinando o espelhinho diante do rosto, retocando o batom com o mindinho dobrado, ela continuou: "E, para ser honesta, tem mais. Existe um tipo de luz que estraga a pele de qualquer garota. O júri poderia até me dar uma medalha de bravura em combate por ter vivido aqui, pois esta vizinhança não tem jeito. Todo mundo me bateria a porta, do La Rue ao

---

* Elizabeth Kenny (1880-1952), enfermeira australiana, pioneira no tratamento da poliomielite. (N. T.)

Perona's, pode acreditar. Eu seria tão bem-vinda quanto esse sr. Frank E. Campbel.* E, se você vivesse dos meus talentos, docinho, você saberia de que tipo de bancarrota estou falando. Não, não, simplesmente não tenho a menor intenção de sair por aí, dando umbigadas numa cambada de fedidos no West Side, enquanto a digníssima sra. Trawler passeia a gagueira pela Tiffany's. Isso eu não conseguiria engolir. Prefiro a gorda agora mesmo".

Arrastando os pés, uma enfermeira veio avisar que o horário de visitas terminara. Holly começou a reclamar, mas foi calada por um termômetro enfiado na boca. Quando eu estava para sair, ela puxou o instrumento por conta própria e disse: "Querido, preciso que você faça um favor. Ligue para o *Times* ou para qualquer outro lugar e me consiga uma lista dos cinquenta homens mais ricos do Brasil. Não, *não* estou brincando. Os cinquenta mais ricos: não importa a raça ou a cor. Mais um favor: revire o apartamento e veja se encontra aquela medalhinha que você me deu. A de são Cristóvão. Vou precisar dela para a viagem".

O céu se avermelhou na noite de sexta-feira, trovejou, e no sábado, dia da partida, a cidade cambaleava sob uma tempestade. Os tubarões bem poderiam nadar pelo ar, mas parecia improvável que um avião conseguisse cortá-lo.

Mas Holly, ignorando minha alegre convicção de que seu voo não partiria, prosseguiu com os preparativos — e deixou, devo dizer, o fardo maior para mim. Pois ela concluíra que não seria boa ideia se aproximar do prédio. Com razão, aliás: o lugar estava sob vigilância: de jornalistas, policiais e curiosos

---

* Fundador de tradicional agência funerária de Nova York. (N. T.)

em geral — alguns homens, às vezes apenas um, simplesmente se demoravam por ali. Por isso ela fora do hospital para o banco e dali direto para o bar de Joe Bell.

"Ela acha que não foi seguida", Joe Bell me contou quando trouxe o recado de Holly. Ela queria que eu fosse encontrá-la no bar o mais rápido possível, no máximo em meia hora, trazendo: "As joias. O violão. A escova de dentes e essas coisas. E uma garrafa de uísque envelhecido cem anos; ela diz que você vai encontrá-la escondida no fundo do cesto de roupa suja. Ah, sim, o gato também, ela quer o gato. Que diabo, não sei se deveríamos ajudá-la com isso. Alguém deveria protegê-la de si mesma. Tenho ganas de contar tudo à polícia. Mas, se eu preparar uns drinques, quem sabe nós a embebedamos e conseguimos cancelar tudo".

Tropeçando, subindo e descendo pela escada de incêndio entre o apartamento de Holly e o meu, arrepiado, esbaforido e molhado até os ossos (além de ter sido mordido até os ossos, pois o gato não gostou da ideia de evacuação, muito menos sob aquele tempo inclemente), consegui rapidamente reunir seus pertences de viagem. Encontrei até mesmo a medalhinha de são Cristóvão. Empilhei tudo no chão do meu apartamento: uma pungente pirâmide de sutiãs e sandálias de noite e adereços, que arrumei na única mala de Holly. Sobrou ainda uma pilha, que precisei enfiar em sacolas de mercearia. Não tinha ideia de como levar o gato; até que pensei em metê-lo numa fronha.

Não queiram saber por quê, mas certa vez caminhei de New Orleans até Nancy's Landing, Mississippi, coisa de oitocentos quilômetros. Foi um passeio leve em comparação com a jornada até o bar de Joe Bell. O violão se encheu de água, a chuva amoleceu as sacolas de papel, as sacolas se desfizeram e derramaram perfume pela calçada, as pérolas rolaram pela sarjeta, enquanto o vento soprava, e o gato arranhava e berrava; pior ainda, eu estava apavorado, covarde feito José: as ruas tempestuosas pareciam fervilhar de presenças invisíveis, esperando para me emboscar e prender como cúmplice de uma fora da lei.

A fora da lei disse: "Que demora, rapaz. Trouxe o uísque?".

E o gato, libertado, pulou e montou no ombro dela, com o rabo oscilando como uma batuta regendo uma peça rapsódica. Holly, tomada de melodia também, sacolejava ao ritmo de alguma canção de *bon voyage*. Abrindo o uísque, ela disse: "Isto aqui era para guardar no baú do enxoval. Para dar um golinho a cada aniversário. Graças a Deus, nem comprei o baú. Sr. Bell, três copos, por gentileza".

"Bastam dois", ele respondeu. "Não vou brindar à sua tolice."

Quanto mais ela o adulava ("Ah, sr. Bell, não é todo dia que a dama dá o fora. Não vai brindar com ela?"), mais ele se arrufava: "Não quero nem saber. Se você quer ir para o inferno, vá sozinha. Não sou eu quem vai ajudar". Declaração descabida, uma vez que, segundos depois, uma limusine com motorista parou diante do bar, e Holly, a primeira a notá-la, largou o uísque e arqueou as sobrancelhas, como se estivesse a ponto de ver o promotor em pessoa. Assim como eu. E, quando vi Joe Bell enrubescer, não pude deixar de pensar: meu Deus, ele *chamou* a polícia. Mas então, com as orelhas pegando fogo, Joe Bell anunciou: "Não é nada. Um desses Cadillacs da Carey. Fui eu que aluguei. Para levar você até o aeroporto".

Ele se virou de costas para ajeitar um dos arranjos de flores. Holly disse: "Sr. Bell, meu querido. Olhe aqui para mim".

O sr. Bell, porém, não se voltou para ela. Arrancou as flores do vaso e as atirou em Holly; mas errou o alvo, e as flores se espalharam pelo chão. "Adeus", ele disse e, como se quisesse vomitar, saiu em disparada para o toalete masculino. Ouvimos a tranca da porta.

O motorista da Carey era um tipo vivido, que aceitou nossa bagagem malfeita com muita civilidade e continuou impávido quando, com a limusine deslizando cidade acima sob uma chuva mais tênue, Holly tirou as roupas, os trajes de montaria que ainda não tivera chance de trocar, e se enfiou num vestido preto e sequinho. Não falávamos: qualquer conversa acabaria em discussão; além disso, Holly parecia preocupada demais para conversar. Cantarolava para si mesma, bebericava uísque, inclinava-se constantemente para olhar pelas janelas, como se procurasse um endereço — ou, conforme concluí, como se olhasse pela última vez um cenário que ela queria reter na memória. Não era nada disso. Na verdade: "Pare aqui", ela ordenou ao motorista, junto ao meio-fio de uma rua da parte hispânica do Harlem. Uma vizinhança selvagem, espalhafatosa, melancólica, enfeitada de madonas e cartazes de artistas de cinema. O vento espalhava cascas de fruta e restos de jornais pelas calçadas — o vento ainda soprava forte, por mais que a chuva tivesse diminuído e houvesse rebentos de azul no céu.

Holly saiu do carro, levando o gato. Enquanto o embalava, coçou sua cabeça e perguntou: "Que tal? É o lugar certo para um sujeito durão como você. Latas de lixo. Ratos de sobra. Bandos de colegas para andar por aí. Então suma", ela disse e o largou. Como ele não se mexesse, e, em vez disso, erguesse a cara de bandido, questionando-a com os olhos amarelados de pirata, ela bateu o pé: "Vá embora, já disse!". Ele veio se esfregar na perna dela. "Fora daqui!", ela gritou e pulou para dentro do carro, batendo a porta. "Vá", ordenou ao motorista, "vá, vá!"

Eu estava pasmo. "Mas você não presta, não presta *mesmo*!"

Percorremos um quarteirão antes que ela dissesse alguma coisa. "Já lhe contei. Nós nos encontramos um dia, na beira do rio: é só. Independentes, os dois. Ninguém fez promessa nenhuma. Nós nunca...", ela começou a dizer, mas a voz sumiu, e um tique e uma palidez involuntária tomaram seu rosto. O carro parara num cruzamento. Então ela abriu a porta, correu pela rua, e corri atrás dela.

Mas o gato já não estava na esquina em que fora deixado. Não havia nada, ninguém na rua, exceto um bêbado urinando e duas freiras negras tocando um rebanho de crianças que cantavam candidamente. Outras crianças emergiram das portas, e as mulheres se inclinaram nas janelas para ver Holly correndo pelo quarteirão, de um lado para outro, entoando: "Gato, gato, cadê você? Gato, gato!". Persistiu até que um garoto de pele esburacada veio até ela, trazendo um gato velho pendurado pela nuca: "Dona, quer um gatinho lindo? É só um dólar".

A limusine nos seguira. Holly deixou que eu a conduzisse de volta. Junto à porta, hesitou; olhou para o que estava atrás de mim, para trás do garoto que ainda oferecia o gato ("Meio dólar. Vinte e cinco centavos, que tal? Vinte e cinco não é nada."), e estremeceu; precisou segurar meu braço para continuar em pé: "Ah, meu Deus! Nós éramos um do outro. Ele era meu".

Então fiz uma promessa, disse que voltaria e encontraria o gato: "Vou cuidar dele também. Prometo".

Ela sorriu, formou uma pontinha de sorriso sem alegria. "E de mim?", ela sussurrou e estremeceu de novo. "Estou com muito medo, rapaz. Isso mesmo, finalmente. Porque isso poderia continuar para sempre. Não saber o que é seu até a hora em que você joga fora. A coisa ficar preta não é nada. A gorda não é nada. Mas e isso agora? Estou com a boca seca; se fosse questão de vida ou morte, eu não conseguiria nem cuspir", entrou no carro e se afundou no banco. "Desculpe, motorista. Vamos embora."

Sumiu o broto de Tomato. E ainda: atriz possivelmente é vítima do tráfico. Com o tempo, entretanto, os jornais noticiaram: garota em fuga localizada no Rio de Janeiro. Ao que parece, as autoridades americanas não fizeram nenhuma tentativa para reavê-la, e logo a história toda só era mencionada aqui e ali pelas colunas de fofoca; apenas uma vez ela voltou a ser tema de reportagem: no dia de Natal, quando Sally Tomato morreu de infarto em Sing Sing. Passaram-se meses, um inverno inteiro, e nem uma palavra de Holly. O proprietário do prédio vendeu seus pertences abandonados: a cama de cetim branco, a tapeçaria, a preciosa espreguiçadeira gótica; um novo inquilino veio ocupar o apartamento, chamava-se Quaintance Smith e recebia tantos visitantes masculinos de índole arruaceira quanto Holly — muito embora, desta feita, madame Spanella não fizesse objeções e até mesmo papariçasse o rapaz, fornecendo fatias cruas de filé sempre que ele aparecia com um olho roxo. Mas, na primavera, chegou um cartão-postal: escrevinhado a lápis e assinado com um beijo de batom: "O Brasil foi de matar, mas Buenos Aires é o máximo. Não é a Tiffany's, mas quase. Tem um $eñor divino, que não me larga. Amor? Quem sabe. Estou procurando onde morar ($eñor tem uma esposa e sete filhos), mando endereço assim que souber. *Mille tendresse*". Mas o endereço, se é que alguma vez existiu, nunca foi enviado, o que me deixou muito triste, uma vez que havia tanta coisa para lhe escrever: eu *vendera* dois contos, lera que os Trawler lutavam judicialmente por conta do divórcio, e eu estava de mudança do prédio, que parecia assombrado. Entretanto, mais do que tudo, queria contar do gato. Cumprira minha promessa e o encontrara. Nas duas semanas em que vagara depois do trabalho pelas ruas do Harlem, houvera muitos alarmes falsos — vislumbres de pelos de tigre, que, mais de perto, eu descobria que não eram dele. Mas um dia, na tarde fria e luminosa de um domingo de inverno, lá estava o gato. Entre vasos de plantas, enquadrado por cortinas limpas de renda, estava sentado no beiral da janela de um cômodo de aparência cálida: tentei imaginar como se chamaria, pois tinha certeza de que teria um nome, agora que chegara a um lugar que era seu. Cabana africana ou seja lá o que for, espero que Holly tenha chegado também.

Uma casa de flores

Era para Ottilie ser a moça mais feliz de Porto Príncipe. Bem que Baby lhe dizia: imagine só quanta coisa você tem! Mas o quê, por exemplo?, perguntava Ottilie, que era vaidosa e gostava mais de um elogio do que de carne de porco ou de perfume. Você é bonita, Baby dizia, tem essa cor clara e adorável, os olhos quase azuis, e um rosto tão doce, tão bonito — nenhuma moça daqui tem clientes tão antigos, e todos dispostos a lhe pagar toda a cerveja que você quiser. Ottilie concordava que isso era verdade e, com um sorriso, continuava a somar sua fortuna: tenho cinco vestidos de seda e um par de sapatos de cetim verde, tenho três dentes de ouro que valem trinta mil francos, e quem sabe não ganho mais um bracelete de ouro do sr. Jamison ou de um outro qualquer. Mas sabe, Baby, ela suspirava e não sabia como expressar o desgosto.

Baby era a sua melhor amiga; Ottilie tinha outra amiga também: Rosita. Baby parecia uma roda, roliça e redonda; os anéis baratos que usava tinham deixado círculos esverdeados nos dedos gorduchos, os dentes eram escuros como tocos de árvore queimados, e quando ela ria os marinheiros a ouviam lá do mar, ao menos é o que diziam. Rosita, a outra amiga, era mais alta do que a maioria dos homens e mais forte também; à noite, com os clientes por perto, ela se requebrava, ceceando numa voz boba de boneca, mas de dia andava a passos ágeis e largos e falava com um vozeirão militar de barítono. As duas amigas de Ottilie eram da República Dominicana, o que para elas já bastava para se considerarem um palmo acima dos nativos daquela terra de gente escura. Sabiam que Ottilie era nativa, mas não se importavam. Você tem cabeça, Baby lhe dizia, e a verdade é que Baby tinha um fraco por cabeças inteligentes. Volta e meia, Ottilie temia que as amigas descobrissem que não sabia ler nem escrever.

 A casa em que moravam e trabalhavam mal parava em pé, era delgada como uma flecha de campanário e arrematada com frágeis balcões tomados pelas buganvílias. Muito embora não houvesse nenhuma placa na entrada, era conhecida como Champs Elysées. A proprietária, uma solteirona inválida e com jeito de asmática, dava ordens lá de cima, do quarto, onde se trancava para se embalar numa cadeira de balanço e tomar dez ou vinte Coca-Colas por dia. Feitas as contas, tinha oito damas trabalhando para ela; com exceção de Ottilie, todas tinham mais de trinta anos. À noite, quando se reuniam na varanda para conversar e abanar leques de papel que agitavam o ar como mariposas delirantes, Ottilie parecia uma criança adorável e sonhadora, cercada pelas irmãs mais velhas e feias.

 A mãe morrera, o pai era um proprietário de terras que voltara para a França, e ela fora criada nas montanhas por uma família tosca de camponeses, cujos filhos, ainda meninos, tinham se deitado com ela em algum canto de relva e sombra. Três anos antes, aos catorze, viera pela primeira vez ao mercado de Porto Príncipe. Viajara por dois dias e uma noite, carregando um saco de cinco quilos de grãos; para aliviar o fardo, deixou cair um pouco dos grãos, depois um pouco mais. Quando chegou ao mercado, não tinha sobrado quase nada. Ottilie chorou ao pensar como a família ficaria furiosa quando ela voltasse sem o dinheiro; mas as lágrimas não duraram: um senhor alegre e simpático ajudou a secá-las. Comprou para ela um pedaço de coco e a levou para conhecer uma prima, a proprietária do Champs Elysées. Ottilie mal podia acreditar na sorte; a música do jukebox, os sapatos de cetim e os homens brincalhões eram tão estranhos e maravilhosos quanto a lâmpada elétrica no quarto, que ela não se cansava de ligar e desligar. Logo se tornou a moça mais falada do lugar, a proprietária começou a cobrar o dobro pelos serviços dela; Ottilie, vaidosa, posava horas inteiras diante de um espelho. Quase nunca pensava nas montanhas; mesmo assim, três anos depois, guardava consigo muita coisa de casa: os ventos das montanhas ainda pareciam soprar em torno dela, ainda não amaciara as ancas duras e empinadas nem as solas dos pés, ásperas como couro de lagarto.

Quando as amigas falavam de amor, dos homens que haviam amado, Ottilie se amuava: o que é que você sente quando está apaixonada?, ela perguntava. Ah, Rosita dizia com olhos desfalecentes, parece que botaram pimenta no coração, parece que tem uns peixinhos nadando nas veias. Ottilie balançava a cabeça; se Rosita estava dizendo a verdade, então ela nunca se apaixonara, pois jamais sentira algo assim por nenhum dos homens que vinham à casa.

Ficou tão vexada com isso que afinal foi consultar um *houngan* que vivia nas colinas, um pouco acima da cidade. Ao contrário das amigas, Ottilie não pregava santinhos nas paredes do quarto, nem acreditava num deus único; acreditava era em muitos deuses: da comida, da luz, da morte, da ruína. O *houngan* estava em contato com esses deuses; guardava os segredos deles no altar, ouvia as suas vozes no chocalhar de uma cabaça, sabia destilar os seus poderes numa poção. Falando pelos deuses, o *houngan* lhe deu o seguinte conselho: tente pegar uma abelha selvagem, ele disse, e fechá-la na mão... se a abelha não picar é porque você encontrou o amor.

Na volta para casa, ela pensou no sr. Jamison. Era um homem de cinquenta e tantos anos, um americano que trabalhava num projeto de engenharia. Os braceletes de ouro que balançavam no seu punho eram presente dele, e então, passando por uma cerca esbranquiçada de madressilvas, Ottilie se perguntou se, afinal de contas, não estaria apaixonada pelo sr. Jamison. Abelhas-pretas formavam uma grinalda em torno das madressilvas. Num golpe de mão corajoso, capturou uma que se demorava. A ferroada veio como um golpe que a derrubou; e ela ficou ali, de joelhos, chorando até não saber mais se a abelha a picara na mão ou nos olhos.

Era março, e tudo se voltava para o Carnaval. No Champs Elysées, as damas costuravam suas fantasias; as mãos de Ottilie, entretanto, permaneciam ociosas, pois ela decidira não vestir nenhuma fantasia. Nos fins de semana de folia, quando os tambores soavam à luz da lua, ela se sentava junto à janela e observava, com a cabeça ao léu, as bandinhas de cantores dançando e batucando rua afora; ouvia os assobios e as risadas, e não sentia nenhuma vontade de participar. Parece até que você tem mil anos de idade, Baby disse; e Rosita: Ottilie, por que não vem com a gente ver a rinha de galo?

Não era uma rinha qualquer. De todas as partes da ilha, chegavam competidores com seus galos mais ferozes. Ottilie achou que talvez também devesse ir e pendurou um par de pérolas nas orelhas. Quando chegaram, o festival já começara; numa grande tenda, a multidão oceânica suspirava e berrava, enquanto uma segunda multidão — a dos que não haviam conseguido entrar — tomava os arredores. Entrar não foi problema para as damas do Champs Elysées: um amigo policial abriu caminho e conseguiu lugar para elas num banco junto à arena. Os camponeses ao redor ficaram constrangidos ao se verem em companhia tão elegante. Espiavam timidamente as unhas pintadas de Baby, os pentes com brilhantes falsos no cabelo de Rosita, o brilho das pérolas de Ottilie. Mas as lutas eram empolgantes, e as damas logo foram deixadas de lado; Baby se incomodou com o fato e correu a vista ao redor, à procura de olhares na sua direção. De repente, sacudiu Ottilie. Ottilie, ela disse, você arranjou um admirador: está vendo aquele rapaz ali? Ele não tira o olho daqui, como se você fosse uma boa bebida.

De início, Ottilie pensou que fosse algum conhecido, pois ele a olhava como se a reconhecesse; mas, como ela poderia conhecê-lo, se jamais vira ninguém tão bonito, de pernas tão longas e orelhas tão pequenas? Logo se via que era das montanhas: o chapéu de palha interiorano e o azul desbotado da camisa de pano grosso lhe eram familiares. Era um mulato claro de pele lustrosa como limão e macia como folha de goiabeira, a cabeça empertigada com tanta arrogância quanto o pássaro negro e escarlate que segurava nas mãos. Ottilie estava acostumada a sorrir com ousadia para os homens; mas agora seu sorriso parecia fragmentado, agarrado aos lábios como migalhas de bolo.

Finalmente chegou a hora do intervalo. A arena foi desocupada, e quem pôde se apinhou para dançar e sapatear ao som de uma orquestra de tambores e de instrumentos de corda, que tocava canções de Carnaval. Foi então que o rapaz se aproximou de Ottilie; e ela riu ao vê-lo com o galo empoleirado no ombro, feito um papagaio. Vá embora, Baby disse, achando o cúmulo que um camponês fosse pedir para dançar com Ottilie, e Rosita se ergueu ameaçadoramente, pronta a se postar entre o rapaz e a amiga. Ele apenas sorriu e disse: Por favor, madame, eu gostaria de falar com a sua filha. Ottilie sentiu os pés longe do chão, os lábios tocando os dele ao ritmo da música, e não se importou nadinha, deixou que ele a conduzisse para o rebuliço dos dançarinos. Rosita disse: Você ouviu isso? Ele pensou que eu fosse a mãe dela! E Baby, carrancuda, disse, para consolar a outra: Afinal de contas, o que você esperava? São uns selvagens, os dois; quando ela voltar, vamos fingir que nem a conhecemos.

As coisas tomaram outro rumo, Ottilie nem voltou para as amigas. Royal — o nome do rapaz era Royal Bonaparte — disse a ela que na verdade não queria dançar. Vamos passear num lugar tranquilo? Segure a minha mão, confie em mim. Ela o achou estranho, mas não se sentiu estranha ao seu lado, pois as montanhas ainda estavam com ela, e ele era das montanhas. De mãos dadas, com o galo iridescente empoleirado no ombro de Royal, eles deixaram a tenda e caminharam sem pressa por uma estrada esbranquiçada e depois por uma alameda amena, onde pássaros solares esvoaçavam pelo verde das acácias arqueadas.

Tenho andado triste, ele disse, ainda que não parecesse triste. Lá na aldeia, Juno é o campeão, mas os galos daqui são fortes, feiosos, e, se eu deixar Juno brigar com eles, vou ganhar apenas um Juno morto. Prefiro levá-lo vivo para casa e inventar que ele venceu. Ottilie, você não quer uma pitada de rapé?

Ela espirrou com volúpia. O rapé a fazia lembrar da infância, e, por mais miseráveis que tivessem sido aqueles anos, a nostalgia veio de longe tocá-la com a sua varinha. Royal, ela disse, pare um instante, quero tirar os sapatos.

Royal não tinha sapatos; os pés dourados eram magros e bem-feitos, as pegadas que deixavam pareciam o rastro de um animal delicado. Ele disse: Como é que você veio parar aqui, logo aqui, onde nada é bom, onde o rum é ruim e todo mundo é ladrão? Como é que você veio parar aqui, Ottilie?

Cada um tem que abrir o seu caminho, você também, e aqui tenho um lugar para ficar. Eu trabalho num, bem, numa espécie de hotel.

Nós temos a nossa própria casa, ele respondeu. Toda a encosta de uma colina e, no alto dessa colina, uma casa bem fresca. Você não quer vir conhecer, Ottilie?

Maluco, Ottilie disse, provocando-o, maluco, e saiu correndo entre as árvores, e ele atrás dela, de braços abertos, como se segurasse uma rede. Juno abriu as asas, cantou, pulou para o chão. As folhas rugosas e o pelame do musgo faziam cócegas nos pés de Ottilie, que saltitava de sombra em sombra; de repente, metendo-se sob o véu de uma samambaia silvestre, ela caiu com um espinho enterrado no calcanhar. Fez uma careta quando Royal puxou o espinho; o rapaz beijou o lugar machucado, seus lábios subiram para as mãos, para a garganta dela, e parecia que ela estava entre folhas esvoaçantes. Inspirou o cheiro dele, o odor escuro e límpido que parecia o da raiz das coisas, dos gerânios, das grandes árvores.

Agora basta, ela suplicou, muito embora não achasse que fosse o caso, mas, depois de uma hora com ele, sentia que o coração não aguentava mais. Ele ficou quieto, os cabelos emaranhados sobre o coração de Ottilie, enquanto ela dizia xô para os mosquitos que vinham pousar nos olhos sonolentos dele, xô, disse para Juno, que desfilava ao redor, cantando para o céu.

Deitada ali, viu suas velhas inimigas, as abelhas. Silenciosamente, andando em fila como formigas, elas se arrastavam para dentro e para fora de um toco de árvore rachado, não muito longe dali. Ottilie se livrou dos braços de Royal e ajeitou um lugar no chão para acomodar a cabeça dele. Sua mão tremia quando ela interrompeu o caminho das abelhas; a primeira da fila logo escorregou para a palma e, quando Ottilie fechou os dedos, nem tentou picá-la. A moça contou até dez, só para ter certeza, depois abriu a mão, e a abelha levantou voo numa espiral, zumbindo alegremente.

A patroa deu um conselho a Baby e a Rosita: deixem a menina em paz, deixem-na ir, algumas semanas e ela vai estar de volta. A patroa falava com a calma da derrota: para manter Ottilie na casa, oferecera o melhor quarto, mais um dente de ouro, uma Kodak, um ventilador elétrico, mas Ottilie nem hesitara, simplesmente continuara a guardar seus pertences numa caixa de papelão. Baby tentou ajudar, mas chorava tanto que Ottilie precisou detê-la: aquilo só poderia dar azar, aquelas lágrimas todas caindo em cima das coisas da noiva. E, para Rosita, ela disse: Rosita, fique feliz por mim em vez de ficar aí, torcendo as mãos.

Meros dois dias depois da rinha, Royal pôs no ombro a caixa de papelão de Ottilie e caminhou com ela na penumbra, rumo às montanhas. Quando souberam que ela não estava mais no Champs Elysées, vários clientes foram cuidar da vida em outro lugar; outros, apesar de leais à velha casa, reclamaram de certo desalento na atmosfera: algumas noites, mal havia quem pagasse uma rodada de cerveja para as damas. Aos poucos, ficou evidente que Ottilie não voltaria mais; depois de seis meses, a patroa disse: Ela deve estar morta.

A casa de Royal parecia uma casa de flores; glicínias cobriam o telhado, uma cortina de trepadeiras fazia sombra nas janelas, lírios floresciam junto à porta. Das janelas, viam-se débeis e longínquos lampejos do mar, pois a casa ficava no alto de uma colina; o sol ardia forte, mas a sombra era fresca. Por dentro, a casa era escura e arejada, as paredes farfalhavam, cobertas de jornais verdes e rosa. No cômodo único havia um forno, um espelho trêmulo sobre uma mesa de mármore e uma cama de metal, grande o bastante para três homens gordos.

Mas Ottilie não dormia na cama grande. Não podia nem se sentar nela, que era propriedade da avó de Royal, a Velha Bonaparte. Criatura balofa e tisnada, com as pernas arqueadas de um anão e a calva de um abutre, a Velha Bonaparte era uma feiticeira respeitadíssima por muitos quilômetros ao redor. Muita gente fugia até da sua sombra; até mesmo Royal se esquivava dela, e gaguejou ao lhe contar que trouxera uma esposa para casa. Puxando Ottilie para si, a velha a machucou aqui e ali com beliscões maldosos e informou ao neto que a noiva era magricela demais: Vai morrer do primeiro filho.

Todas as noites, os dois jovens só faziam amor quando pensavam que a Velha Bonaparte já dormia. Às vezes, estendida na esteira de palha à luz da lua, Ottilie tinha certeza de que a velhota estava acordada e à espreita. Uma vez ela vislumbrou um olho viscoso e arregalado brilhando no escuro. Não valia a pena reclamar com Royal, ele apenas ria: Que mal faz uma mulher que já viu tanta coisa na vida querer ver um pouquinho mais?

Uma vez que amava Royal, Ottilie deixava as queixas de lado e tentava não se importar com a velha. Foi feliz por um bom tempo; não sentia saudade das amigas de Porto Príncipe; mesmo assim, guardava com carinho as lembranças daqueles dias; com a cestinha de costura que Baby lhe dera de presente de casamento, remendava os vestidos de seda, as meias de seda verde que não usava mais, já que não havia onde usá-las: só os homens se reuniam no café da vila, para as rinhas de galo. Quando queriam se ver, as mulheres se encontravam no riacho onde lavavam roupa.

Mas Ottilie andava ocupada demais para se sentir solitária. Ao nascer do sol, recolhia folhas de eucalipto para acender o fogo e preparar a comida; havia galinhas para alimentar, uma cabra para ordenhar, havia a Velha Bonaparte choramingando por atenção. Três ou quatro vezes ao dia, ela enchia um balde de água de beber e o levava até Royal, que trabalhava nos campos de cana-de-açúcar, a um quilômetro e meio da casa. Ottilie não se importava que, durante essas visitas, ele fosse ríspido com ela: sabia que estava apenas se mostrando para os outros homens que trabalhavam no eito e que para ela se abriam em sorrisos como melancias rachadas. Mas à noite, em casa, puxava as orelhas dele e fazia beicinho, dizendo que era tratada feito cachorro, até que no escuro do quintal em que os vaga-lumes flamejavam, Royal viesse abraçá-la e sussurrasse alguma coisa que a fizesse sorrir.

Estavam casados havia cinco meses quando Royal recomeçou a fazer o que fazia antes do casamento. Os outros homens passavam a noite no café, ficavam domingos inteiros nas rinhas de galo — ele não entendia por que Ottilie reclamava tanto; mas ela dizia que ele não tinha o direito de se comportar daquele jeito e que, se a amasse, não a deixaria sozinha, dia e noite, com aquela velha maldosa. Eu amo você, ele dizia, mas um homem precisa ter lá os seus prazeres. Havia noites em que ele farreava até que a lua estivesse a meio caminho no céu; Ottilie nunca sabia quando ele chegaria e se agitava na esteira, incapaz de dormir sem os braços dele ao redor do corpo.

Mas o verdadeiro tormento dela era a Velha Bonaparte. Estava a ponto de tirá-la do sério. Quando Ottilie cozinhava, a terrível velhota não deixava de rondar o fogão, e, quando não gostava do que havia para comer, dava uma bocada e cuspia tudo no chão. Aprontava toda confusão que lhe passava pela cabeça: molhava a cama, teimava em trazer a cabra para dentro de casa, derrubava e quebrava tudo em que mexia, e dizia a

Royal que uma mulher que não sabe manter a casa em ordem para o marido não vale nada. Estorvava o dia inteiro, os seus olhos vermelhos e implacáveis quase nunca se fechavam; mas o pior de tudo, a coisa que levou Ottilie a ameaçar a velhota de morte, era o hábito de, surgindo do nada, beliscá-la com toda a força, até deixar as marcas das unhas na pele. Faça isso de novo, só mais uma vez, que pego essa faca e lhe arranco o coração! A Velha Bonaparte viu que Ottilie não falava da boca para fora, mas, mesmo parando com os beliscões, inventou outras brincadeiras: por exemplo, fazia questão de caminhar sobre certa parte do quintal, fingindo não saber que Ottilie havia plantado uma pequena horta bem ali.

Certo dia, aconteceram duas coisas fora do comum. Um rapaz trouxe da vila uma carta para Ottilie; de vez em quando, chegavam ao Champs Elysées cartões-postais de marinheiros e de outros viajantes que haviam passado bons momentos com ela, mas aquela era a primeira carta que a moça recebia na vida. Como não sabia ler, o seu primeiro impulso foi rasgá-la: não valia a pena ficar com aquilo em casa para atormentá-la. Mas é claro que talvez, algum dia, aprendesse a ler; de modo que decidiu guardá-la na cestinha de costura.

Quando abriu a cestinha, fez uma descoberta sinistra: ali estava, como um novelo horripilante, a cabeça decepada de um gato dourado. A velha miserável tinha feito mais uma das suas! É um feitiço, pensou, nem um pouco assustada. Levantando cuidadosamente a cabeça do gato por uma das orelhas, Ottilie a levou até o fogão e a jogou numa panela borbulhante: na hora do almoço, a Velha Bonaparte lambeu os beiços e comentou que a sopa de Ottilie estava uma surpresa de tão saborosa.

Na manhã seguinte, bem a tempo para o almoço, Ottilie encontrou, enrodilhando-se na cestinha, uma cobra-verde, que ela picou até virar pó e salpicou num prato de guisado. A cada dia, seu engenho enfrentava um teste: aranhas para assar, lagarto para fritar, peito de abutre para cozinhar. A Velha Bonaparte comia várias porções de cada um desses pratos. Com um brilho incansável, seus olhos seguiam Ottilie, esperando algum sinal de que o feitiço fazia efeito. Você não está com a cara boa, Ottilie, ela dizia, misturando melaço ao vinagre da voz. Está comendo feito uma formiga: olhe aqui, por que não toma uma tigela desta sopa deliciosa?

Porque, Ottilie respondeu, eu não gosto de abutre na minha sopa, nem de aranha no meu pão, nem de cobra no guisado. Não tenho o menor apetite por essas coisas.

A Velha Bonaparte entendeu; com as veias inchadas e a língua paralisada, impotente, ela se ergueu, trêmula, para logo tombar sobre a mesa. Antes que a noite caísse, estava morta.

Royal chamou gente para carpir a velha. As pessoas chegaram da vila, dos morros ao redor, e, uivando como cães à meia-noite, sitiaram a casa. As velhas batiam a cabeça contra as paredes, os homens se prostravam aos gemidos: era a arte do luto, e os que melhor arremedavam o pesar eram muito admirados. Depois do funeral, foram todos embora, contentes com o serviço bem-feito.

Agora a casa pertencia a Ottilie. Sem o estorvo da Velha Bonaparte, sem a sujeira da velhota para limpar, tinha mais tempo livre, mas não sabia o que fazer. Esparramava-se na cama de metal, jogava tempo fora diante do espelho; a monotonia soprava na sua cabeça, e para espantar esse zumbido de moscas ela cantarolava as canções que aprendera com o jukebox do Champs Elysées. Esperando à tardinha por Royal, lembrava que, a essa hora, as amigas de Porto Príncipe fofocavam na varanda e ansiavam pelos faróis de algum carro; mas, quando via Royal marchando vereda acima, o facão de cortar cana balançando ao lado dele como uma lua crescente, esquecia esses pensamentos e corria de coração aberto ao seu encontro.

Uma noite, quando os dois modorravam na cama, Ottilie sentiu uma outra presença no cômodo. Então, luzindo bem ao pé da cama, ela viu, como vira antes, um olho alerta; foi assim que teve certeza do que já suspeitava: a Velha Bonaparte morrera mas não se fora. Certa ocasião, sozinha em casa, ouvira uma risada, e outra vez vira a cabra olhando fixamente para alguém que não estava ali, abanando as orelhas do jeito que fazia quando a velha coçava a sua cabeça.

Pare de chacoalhar a cama, Royal disse; e Ottilie, apontando para o olho, perguntou-lhe num sussurro se não estava vendo aquilo. Quando ele respondeu que ela devia estar sonhando, Ottilie tentou tocar o tal olho e soltou um grito quando deu apenas com o vazio. Royal acendeu um lampião; aconchegou Ottilie no colo e alisou seus cabelos, enquanto ela contava sobre suas descobertas na cestinha de costura e o que fizera com elas. Fizera mal? Royal não sabia ao certo, não cabia a ele dizer, mas achava que ela precisava ser punida. Mas por quê? Porque a velha queria, porque de outro modo jamais deixaria Ottilie em paz, é assim que são as assombrações.

Na manhã seguinte, por conta disso, Royal foi buscar uma corda e propôs amarrar Ottilie a uma árvore no quintal: ela ficaria lá até o anoitecer, sem comida nem água, e todos que passassem saberiam que estava em desgraça.

Mas Ottilie rastejou para baixo da cama e se recusou a sair. Eu vou fugir, ela choramingava. Royal, se você tentar me amarrar àquela árvore velha, eu fujo.

Então vou ter que ir atrás, Royal disse, e aí vai ser bem pior pra você.

Ele a agarrou por um tornozelo e a arrastou aos berros para longe da cama. Dali até o quintal, ela foi se segurando no que conseguia: na porta, numa trepadeira, na cabra, mas nada a reteve, e Royal não esmoreceu até amarrá-la à árvore. Deu três nós na corda e saiu para trabalhar, sugando a mão que Ottilie mordera. Ela gritou todos os palavrões que já ouvira até que ele sumiu morro abaixo. A cabra, Juno e as galinhas se juntaram para contemplar a humilhação de Ottilie; escorregando para o solo, ela lhes mostrou a língua.

Como estava quase adormecida, Ottilie pensou que sonhava quando, na companhia de um menino da vila, Baby e Rosita, vacilando em cima dos saltos altos e segurando sombrinhas da moda, cambalearam vereda acima, gritando o nome dela. Já que eram personagens de um sonho, provavelmente não ficariam surpresas ao vê-la amarrada a uma árvore.

Meu Deus, você ficou maluca?, Baby berrou, mantendo-se à distância, como se temesse que aquilo fosse verdade. Fale conosco, Ottilie!

Piscando os olhos e dando risadas, Ottilie exclamou: Como estou feliz de ver vocês! Rosita, me faça um favor: desate a corda para eu poder abraçar as duas.

Então é isso o que aquele bruto faz, Rosita disse, enquanto puxava as cordas. Se eu pegar esse homem batendo em você, amarrando você no quintal feito um cachorro...

Ah, não, Ottilie disse. Royal nunca bateu em mim. Acontece que hoje estou sendo punida.

A gente bem que avisou, Baby respondeu. Agora veja só no que deu. Esse sujeito vai ter que se explicar, acrescentou, brandindo a sombrinha.

Ottilie abraçou e beijou as amigas. A casa não é bonita?, perguntou, levando-as para dentro. Até parece que pegaram uma carreta de flores para construir a casa, é o que eu acho. Saiam do sol. Lá dentro é mais fresco e tem um cheiro delicioso.

Rosita fungou, como se o cheiro não tivesse nada de delicioso e, com a sua voz de poço fundo, declarou que sim, era melhor saírem do sol, que pelo jeito estava afetando a cabeça de Ottilie.

Foi por graça divina que viemos, Baby disse, enquanto remexia no interior de uma bolsa enorme. E pode agradecer ao sr. Jamison. Madame disse que você estava morta, e, como você não respondia a nenhuma carta, achamos que estava mesmo. Mas esse sr. Jamison é o homem mais adorável que já se viu, alugou um carro para estas suas amigas queridas, para que a gente pudesse vir até aqui e descobrir o que tinha acontecido com a nossa Ottilie. Ottilie, tenho uma garrafa de rum aqui na bolsa, arranje um copo e vamos beber.

Os trejeitos elegantes e o aparato vistoso das mulheres da cidade haviam inebriado o guia, um menino cujos olhos esbugalhados se reviravam à janela. Ottilie ficou impressionada também, pois fazia muito tempo que não via bocas pintadas nem sentia cheiro de perfume, e, enquanto Baby servia o rum, foi buscar os sapatos de cetim e os brincos de pérola. Querida, Rosita disse quando Ottilie acabou de se vestir, não há homem no mundo que não lhe pague um barril inteiro de cerveja. Só de pensar numa coisinha linda feito você, sofrendo tão longe de quem lhe quer bem!

Não sofro tanto assim, Ottilie disse. Só de vez em quando.

Deixe para lá, Baby disse. Você não precisa falar disso agora. Pronto, já acabou. Venha aqui, minha querida, passe esse copo para cá. Um brinde aos velhos tempos e aos que estão por vir! Hoje à noite, o sr. Jamison vai pagar champanhe para todo mundo: madame vai fazer pela metade do preço.

Ah, Ottilie disse, invejando as amigas. Mas afinal, ela quis saber, alguém ainda se lembrava dela? O que diziam?

Ottilie, você não faz ideia, Baby disse; aparecem homens que ninguém nunca viu, perguntando onde está Ottilie, porque ouviram falar de você em Havana ou em Miami. E o sr. Jamison nem olha pra gente, ele senta na varanda e bebe sozinho.

Sei, Ottilie disse, pensativa. Ele sempre foi muito delicado comigo, o sr. Jamison.

A essa hora, o sol vinha declinando, e a garrafa de rum estava três quartos vazia. Uma pancada de chuva havia encharcado os morros, que agora, vistos da janela, tremeluziam como asas de libélula, e uma brisa saturada do perfume das flores molhadas entrou pelo quarto, agitando o papel verde e rosa das paredes. Contaram muitas histórias, algumas divertidas, outras tristes; feito a conversa de todas as noites no Champs Elysées, e Ottilie estava feliz por tomar parte de novo.

Mas está ficando tarde, Baby disse. E prometemos voltar antes da meia-noite. Ottilie, podemos ajudar com as suas coisas?

Embora não tivesse percebido que as amigas esperavam que partisse com elas, o rum que vinha subindo fez que aquela suposição parecesse plausível, e Ottilie sorriu pensativa: Eu disse a ele que iria fugir. Mas, declarou em voz alta, não vou ter nem uma semana para me divertir, Royal vai descer na hora para me buscar.

As amigas riram dela. Você é tão boba, Baby disse. Eu só queria ver esse Royal depois que os nossos rapazes dessem um jeito nele.

Não quero saber de ninguém machucando Royal, Ottilie disse. Além do mais, ele ficaria ainda mais furioso quando a gente voltasse para casa.

Baby respondeu: Mas, Ottilie, você não precisa voltar com ele.

Ottilie deu uma risadela e passou a vista pelo quarto como se visse algo que fosse invisível para as amigas. Ora, é claro que eu voltaria.

Girando os olhos, Baby sacou um leque e o agitou diante do

rosto. É a coisa mais maluca que já ouvi, ela disse, com os lábios retesados. Não é a coisa mais maluca que você já ouviu, Rosita?

É que Ottilie já passou por tantas!, Rosita respondeu. Querida, por que você não se deita na cama enquanto pegamos as suas coisas?

Ottilie observava as duas, que começavam a empilhar seus pertences. Juntaram os pentes e as presilhas, enrolaram as meias de seda. Ela tirou suas belas roupas, como se quisesse vestir alguma coisa mais elegante; em vez disso, meteu-se de novo no vestido surrado; em seguida, trabalhando em silêncio e como se ajudasse as amigas, pôs tudo de volta no lugar. Baby sapateou quando percebeu o que estava acontecendo.

Escute, Ottilie disse. Se você e Rosita são minhas amigas, façam o que vou dizer: me amarrem de novo na árvore, do jeito que eu estava quando vocês chegaram. Assim, nenhuma abelha vai me picar.

Está bêbada de cair, Baby concluiu; mas Rosita mandou que calasse a boca. Eu acho, Rosita disse num suspiro, eu acho que Ottilie está apaixonada. Se Royal viesse atrás dela, ela voltaria para ele, e, assim, as duas ganhavam mais em voltar logo para casa e dizer que madame estava certa, que Ottilie estava morta.

Isso mesmo, Ottilie disse, gostando do drama. Digam a todo mundo que morri.

E, com isso, foram para o quintal; ali, com os seios palpitantes e os olhos mais redondos que a lua diurna singrando os céus, Baby disse que não queria nem saber de amarrar Ottilie à árvore, e Rosita fez tudo sozinha. Na hora de ir embora, foi Ottilie quem mais chorou, embora estivesse feliz de vê-las partir, pois sabia que, tão logo se fossem, não pensaria mais nelas. Cambaleando nos saltos altos pelos declives da vereda, as duas se voltaram para acenar, mas Ottilie não tinha como devolver o adeus, de modo que as esqueceu antes mesmo que as perdesse de vista.

Mascando folhas de eucalipto para suavizar o hálito, ela sentiu o friozinho do entardecer crispando o ar. A lua se tingiu de um amarelo mais profundo, as galinhas esvoaçaram para se empoleirar no escuro da árvore. Subitamente, ouvindo Royal na vereda, ela escarranchou as pernas, deixou cair o pescoço e revirou os olhos bem para cima. Vista de longe, parecia que chegara a um fim violento e miserável; e, ouvindo os passos de Royal se apressarem numa correria, ela pensou, feliz consigo mesma: Vai levar um belo susto.

Um violão de diamante

A cidade mais próxima fica a trinta quilômetros da colônia penal. Vários bosques de pinheiros separam a colônia da cidade, e é nesses bosques que trabalham os condenados, sangrando as árvores para coletar resina. A própria prisão fica no meio de um bosque, no final de uma estrada esburacada de terra vermelha, com arame farpado subindo pelos muros como uma trepadeira. Lá dentro vivem cento e nove brancos, noventa e sete negros e um chinês. Há dois dormitórios — grandes barracões de madeira com tetos revestidos de papel alcatroado. Os brancos ocupam um; os negros e o chinês, o outro. Em cada dormitório há uma estufa bojuda, mas ali os invernos são frios, e à noite, com os pinheiros oscilando gelidamente e a luz frígida da lua, os homens ficam acordados, estendidos nos catres de ferro, com as cores chamejantes da estufa brincando nos olhos.

Os homens que dormem nos catres mais próximos da estufa são gente importante — respeitada ou temida. O sr. Schaeffer é um desses. O sr. Schaeffer — é assim que o chamam, em sinal de deferência — é um sujeito magro e retraído.

Tem cabelos ruivos, meio grisalhos, e rosto rarefeito, religioso, descarnado; pode-se ver o contorno dos ossos, e os olhos têm uma cor débil, baça. Sabe ler e escrever, sabe somar uma coluna de números. Quando alguém ali recebe uma carta, procura o sr. Schaeffer. A maioria das cartas é triste e queixosa; muitas vezes, o sr. Schaeffer improvisa passagens mais joviais em vez de ler o que está escrito no papel. No dormitório há mais dois homens que sabem ler. Mesmo assim, um deles traz as suas cartas para o sr. Schaeffer, que faz o obséquio de jamais ler a verdade. O próprio sr. Schaeffer não recebe nenhuma correspondência, nem mesmo no Natal; parece não ter amigos fora da prisão, tampouco lá dentro — quer dizer, não tem nenhum amigo em especial. Mas nem sempre foi assim.

Num domingo de inverno, alguns invernos atrás, o sr. Schaeffer estava sentado nos degraus do dormitório, entalhando uma boneca. Tem muito talento para a coisa. As suas bonecas são entalhadas em partes separadas e depois montadas com molas; os braços e as pernas se movem, a cabeça gira. Quando o homem completa uma dúzia de bonecas, o capitão da colônia penal as leva para a cidade, onde são vendidas no armazém. Assim, o sr. Schaeffer consegue dinheiro para os doces e o fumo.

Naquele domingo, enquanto ele recortava os dedos de uma mãozinha, um caminhão entrou no pátio da colônia penal. Algemado ao capitão, um rapaz desceu da caçamba e piscou os olhos ao sol fantasmagórico de inverno. O sr. Schaeffer mal olhou para ele. Nessa época, era um homem de cinquenta anos, dezessete dos quais vividos na colônia. A chegada de um novo prisioneiro não o alvoroçava. Domingo é dia livre na colônia, e os que vadiavam pelo pátio se reuniram junto ao caminhão. Mais tarde, Machadinha e Minduim pararam para conversar com o sr. Schaeffer.

Machadinha disse: "É um estrangeiro, o novato. De Cuba. Mas é loiro".

"É um arruaceiro, o capitão contou", disse Minduim, que era outro arruaceiro. "Passou a faca num marinheiro, em Mobile."

"Em dois marinheiros", Machadinha corrigiu. "Mas foi só uma briga de bar. Não machucou os sujeitos."

"O sujeito corta a orelha do homem e você diz que ele não machucou ninguém? Deram dois anos para ele, foi o que o capitão contou."

Machadinha continuou: "Ele tem um violão todo coberto de joias".

Estava ficando escuro demais para trabalhar. O sr. Schaeffer encaixou as partes da boneca e, segurando as mãozinhas, colocou-a sobre os joelhos. Enrolou um cigarro; os pinheiros se azulavam à luz do anoitecer, e a fumaça do cigarro se demorava no ar gelado e sombrio. Ele viu o capitão atravessando o pátio. O novo prisioneiro, um rapaz loiro, seguia um passo atrás. Vinha carregando um violão cravejado de contas de diamante que cintilavam como estrelas, e o uniforme era grande demais para ele; parecia uma fantasia de Halloween.

"Schaeffer, mais um para você", o capitão disse, detendo-se nos degraus do dormitório. O capitão não era um homem duro; de vez em quando, convidava o sr. Schaeffer para ir ao escritório, conversar sobre o que haviam lido no jornal. "Tico Feo", disse, como se fosse um nome de canção ou de passarinho, "este aqui é o sr. Schaeffer. Vá com a cara dele, e você vai se dar bem."

O sr. Schaeffer ergueu a vista para o rapaz e sorriu. Sorriu mais do que queria, pois os olhos do rapaz pareciam faixas de céu — azuis como a tarde de inverno —, e os cabelos eram dourados como os dentes do capitão. Tinha um jeito brincalhão, vivaz e esperto; olhando para ele, o sr. Schaeffer se lembrou de passeios e bons tempos.

"Que nem a minha irmãzinha", Tico Feo disse, tocando a boneca do sr. Schaeffer. A sua voz, com o sotaque cubano, era suave e doce como uma banana. "Ela também senta no meu colo."

O sr. Schaeffer se acanhou num repente. Fez uma vênia para o capitão e se embrenhou no escuro do pátio. Ficou ali, sussurrando os nomes das estrelas vespertinas que desabrochavam no céu. As estrelas eram um prazer para ele, mas nessa noite não lhe trouxeram conforto; não o fizeram lembrar que tudo que acontece na Terra se perde no brilho infinito da eternidade. Olhando para elas — as estrelas —, pensou no violão cravejado e no seu esplendor mundano.

Do sr. Schaeffer se podia dizer que fizera algo muito errado na vida: matara um homem. As circunstâncias do ato são desimportantes — basta saber que o homem merecia morrer e que o sr. Schaeffer foi condenado a noventa e nove anos e um dia. Por muito tempo — por muitos anos, na verdade —, não pensara na vida que levara antes de chegar à colônia. Suas lembranças daqueles tempos eram como uma casa desabitada em que a mobília apodrecera. Mas, naquela noite, parecia que todas as lâmpadas se acendiam nos quartos mortos e soturnos. Tudo começou quando viu Tico Feo chegando na penumbra com o seu violão esplêndido. Até então, não se sentira solitário. Agora, reconhecendo a sua solidão, sentia-se vivo. Não queria estar vivo. Estar vivo significava lembrar de rios pardacentos onde nadam os peixes, da luz do sol nos cabelos de uma mulher.

O sr. Schaeffer deixou a cabeça cair. A luz das estrelas enchera seus olhos de água.

O dormitório costumava ser um lugar que fedia a homens, melancólico e desolado à luz de duas lâmpadas nuas. Mas, com a chegada de Tico Feo, o cômodo frio foi como que tomado por ares tropicais, pois, quando voltou das estrelas, o sr. Schaeffer deu com uma cena selvagem e extravagante. Sentado de pernas cruzadas num dos catres, Tico Feo tocava o violão com dedos ágeis e compridos, e cantava uma canção que soava tão alegre quanto moedas tilintando no bolso. Muito embora a canção fosse em espanhol, alguns dos homens tentavam acompanhar o canto, enquanto Machadinha e Minduim dançavam de mãos dadas. Charlie e Wink dançavam também, mas cada um para o seu lado. Dava gosto ouvir os homens rindo, e, quando Tico Feo finalmente pôs o violão de lado, o sr. Schaeffer estava entre os que foram cumprimentá-lo.

"Você merece um violão desses", ele disse.

"É de diamante", Tico Feo respondeu, alisando aquele luxo de araque. "Já tive um que era de rubi. Em Havana, a minha irmã trabalha num... Como vocês dizem? Num lugar onde fazem violão; foi assim que consegui este."

O sr. Schaeffer perguntou se tinha muitas irmãs, e Tico Feo, sorridente, mostrou quatro dedos. Então, com os olhos azuis se estreitando de cobiça, pediu: "Por favor, mister, dá a boneca para as minhas duas irmãzinhas pequenas".

Na noite seguinte, o sr. Schaeffer trouxe as bonecas. Daí em diante, foi o melhor amigo de Tico Feo, e começaram a andar sempre juntos. Um sempre teve o outro em alta conta.

Tico Feo tinha dezoito anos e trabalhara durante dois num cargueiro no Caribe. Quando menino, frequentara uma escola de freiras, e ainda trazia um crucifixo de ouro pendurado no pescoço. Tinha um rosário também. Mantinha o rosário enrolado num lenço de seda verde, que guardava três outros tesouros: um vidro da colônia Noite de Paris, um espelhinho de bolso e um mapa-múndi editado pela Rand McNally. Isso e o violão eram os seus únicos pertences, e não deixava que ninguém os tocasse. Talvez estimasse o mapa acima de tudo. À noite, antes que apagassem as luzes, desdobrava o mapa e mostrava ao sr. Schaeffer os lugares em que estivera — Galveston, Miami, New Orleans, Mobile, Cuba, Haiti, Jamaica, Porto Rico, ilhas Virgens — e os lugares aonde queria ir. Queria ir a quase toda parte, especialmente a Madri, especialmente ao polo Norte. Tudo isso tanto encantava como assustava o sr. Schaeffer. Não gostava de pensar em Tico Feo pelos mares e em lugares longínquos. Às vezes, olhava preocupado para o amigo e pensava: "É só um sonhador preguiçoso".

E a verdade é que Tico Feo era um sujeito preguiçoso. Depois daquela primeira noite, todos tinham que insistir até mesmo para que tocasse violão. Na alvorada, quando o guarda vinha despertar os homens, batendo com um martelo na estufa, Tico Feo choramingava como um menino. Às vezes fingia estar doente, gemia e apertava a barriga; mas nunca se dava bem, pois o capitão o mandava trabalhar. Ele e o sr. Schaeffer tinham sido destacados para as obras na estrada. Era trabalho pesado: cavar a terra congelada e carregar sacos de entulho cheios de pedregulhos. O guarda não parava de gritar com Tico Feo, que passava a maior parte do tempo tentando se encostar onde pudesse.

Ao meio-dia, quando chegavam as marmitas, os dois amigos se sentavam juntos. Havia algumas coisas melhores na marmita do sr. Schaeffer, que podia pagar pelas maçãs e pelos doces da cidade. Ele gostava de dar essas regalias para o amigo, que se deliciava tanto, e pensava: "Você ainda está crescendo, ainda falta muito para ser um homem feito".

Nem todo mundo gostava de Tico Feo. Por ciúme ou por razões mais sutis, havia quem contasse histórias escabrosas a seu respeito. O próprio Tico Feo parecia não se dar conta. Quando os homens se reuniam ao seu redor e ele tocava violão e cantava, era evidente que se sentia querido. A maioria dos homens de fato lhe queria bem; esperavam pelas canções que ouviam da hora do jantar até o blecaute, dependiam delas. "Tico, toque para a gente", pediam. Não notavam que, em seguida, a tristeza era mais funda que antes. O sono lhes escapava feito uma lebre, os olhos se demoravam pensativamente no fogo que estalava atrás das grades da estufa. O sr. Schaeffer era o único a entender aquela perturbação, pois a sentia também. O amigo ressuscitara os rios pardacentos e as mulheres com a luz do sol tecida nos cabelos.

Logo conferiram a Tico Feo a honra de uma cama perto da estufa e ao lado do sr. Schaeffer. O sr. Schaeffer sempre soube que o amigo era um mentiroso terrível. Não dava crédito às suas histórias de aventuras, conquistas e encontros com gente famosa. Gostava delas como meras histórias, dessas que se leem nas revistas, e se deliciava em ouvir a voz tropical do amigo sussurrando no escuro.

Exceto por não misturarem os seus corpos nem pensarem no assunto, muito embora essas coisas não fossem desconhecidas na colônia penal, eram como amantes. De todas as estações, a primavera é a mais impetuosa: brotos rompendo a crosta de terra endurecida pelo inverno, folhas novas rebentando em velhos galhos moribundos, o vento sonolento cruzando o verde recém-nascido dos campos. E o sr. Schaeffer não fugia a essa regra: uma erupção, um vigor de músculos enrijecidos.

Foi no final de janeiro. Os amigos estavam sentados nos degraus do dormitório, cada um com um cigarro na mão. Uma lua tênue e amarela como uma fatia de limão se vergava no céu, e, à sua luz, filetes de geada brilhavam como trilhas prateadas de caramujos. Fazia dias que Tico Feo andava retraído — calado como um ladrão esperando no escuro. Não adiantava dizer: "Tico, toque pra gente". Ele só dava uma olhada de soslaio, os olhos mortiços, sedados.

"Conte uma história", o sr. Schaeffer disse, sentindo-se nervoso e impotente por não conseguir alcançar o amigo. "Conte a história das corridas em Miami."

"Nunca fui a uma corrida", Tico Feo respondeu, fazendo cair por terra a sua mentira mais deslavada, que envolvia centenas de dólares e um encontro com Bing Crosby. O rapaz não parecia se importar. Sacou um pente e o passou sem ânimo pelos cabelos. Alguns dias antes, esse pente fora o motivo de uma briga feroz. Um dos homens, Wink, alegou que Tico Feo roubara o pente, ao que o acusado replicou cuspindo-lhe no rosto. Os dois brigaram até que o sr. Schaeffer e um outro sujeito conseguiram separá-los. "O pente é meu. Pode dizer para ele!", Tico Feo pediu ao sr. Schaeffer. Mas o sr. Schaeffer, com uma firmeza silenciosa, disse que não, que o pente não pertencia a ele — resposta que pareceu desconcertar todos os envolvidos. "Bem", Wink retrucou, "se ele quer tanto o pente, pelo amor de Deus, pode deixar o filho da puta ficar com ele." E mais tarde, numa voz espantada e incerta, Tico Feo disse: "Pensei que você fosse meu amigo". "E sou", o sr. Schaeffer pensou, sem dizer nada.

"Nunca fui a nenhuma corrida, e a história da viúva também é mentira." Tragou o cigarro até fazê-lo brilhar furiosamente e olhou para o sr. Schaeffer com ar especulativo. "Diga aí, mister, você tem dinheiro?"

"Uns vinte dólares, quem sabe", o sr. Schaeffer respondeu hesitante, temendo o rumo que as coisas pareciam tomar.

"Não é grande coisa, vinte dólares", Tico disse, sem dar sinais de decepção. "Não tem problema, vamos dar um jeito. Em Mobile tem o meu amigo Frederico. Ele vai pôr a gente num barco. Sem problema", e falava como se dissesse que a temperatura iria cair.

O sr. Schaeffer sentiu um aperto no coração; não conseguia falar.

"Ninguém aqui pega o Tico. Eu corro mais rápido."

"Um tiro vai mais rápido", o sr. Schaeffer disse, numa voz sumida. "Sou velho demais", continuou, o sentimento da idade revirando como uma náusea.

Tico Feo não escutava. "Depois, é o mundo. O mundo, *el mundo*, meu amigo." Levantando-se, ele estremeceu como um potro; tudo parecia se aproximar dele — a lua, o pio das corujas. Sua respiração acelerada se convertia em vapor. "Vamos para Madri? Quem sabe alguém me ensina a tourear. Que tal, mister?"

O sr. Schaeffer também não escutava. "Estou velho", ele disse, "estou velho demais."

Nas semanas seguintes, Tico Feo continuou insistindo — o mundo, *el mundo*, meu amigo —, e o sr. Schaeffer queria se esconder. Queria se trancar no banheiro e apertar a cabeça. Mesmo assim, estava excitado, siderado. E se desse certo a tal corrida com Tico através dos bosques, até o mar? Então se imaginava num barco, logo ele que nunca vira o mar, que passara a vida enraizado em terra firme. Nesse meio-tempo, um dos condenados morreu, e do pátio se ouvia o barulho do caixão sendo fabricado. A cada prego que batiam, o sr. Schaeffer pensava: "Esse foi para mim, esse é meu".

Quanto a Tico Feo, nunca estivera tão animado; perambulava de cima para baixo com a graça malandra e garbosa de um dançarino, tinha uma piada para cada um que passava. No dormitório, depois do jantar, dedos pipocavam no violão como se fossem traques. Ensinou os homens a gritar *olé*, e alguns chegaram a jogar os bonés para o alto.

Quando ficou pronta a obra na estrada, o sr. Schaeffer e Tico Feo voltaram a trabalhar nos bosques. No dia de são Valentim, almoçaram embaixo de um pinheiro. O sr. Schaeffer encomendara uma dúzia de laranjas da cidade e agora as descascava vagarosamente, as cascas se enrolando numa espiral;

ele dava os pedaços mais suculentos para o amigo, que se orgulhava de cuspir as sementes à distância — uns bons dez metros.

Era um dia frio e bonito, com restos de luz do sol passando por eles como borboletas, e o sr. Schaeffer, que gostava de trabalhar com as árvores, sentia-se confuso e feliz. Então Tico Feo disse: "Aquele ali, aquele não pega nem mosca". Falava de Armstrong, um sujeito com queixo de porco, sentado com um rifle entre as pernas. Era o mais jovem dos guardas e novato na colônia.

"Não sei, não", o sr. Schaeffer disse. Observara Armstrong e notara que, como muitos homens gordos e vaidosos, o novo guarda se movia com ligeireza diáfana. "Ele pode estar enganando você."

"Vamos ver se eu não engano primeiro", Tico Feo respondeu, e cuspiu uma semente na direção de Armstrong. O guarda fez cara feia e depois soprou um apito. Era o sinal para voltar ao trabalho.

Em certa hora da tarde, os dois amigos se juntaram de novo, quer dizer, começaram a prender baldes de coleta em árvores próximas. Um pouco abaixo, um riacho raso e agitado entrava pelo bosque. "Água não tem cheiro", Tico Feo disse meticulosamente, como se lembrasse de alguma frase que ouvira. "Vamos correr pela água, de noite trepamos numa árvore. Está bem, mister?"

O sr. Schaeffer continuou a martelar, mas a mão tremia, e o martelo acertou o polegar. Olhou estupefato para o amigo. O rosto não dava mostras de dor, nem ele chupou o polegar como qualquer um faria.

Os olhos azuis de Tico Feo pareciam inchados como bolhas, e, quando ele disse, numa voz mais sutil que o vento no topo dos pinheiros, "Amanhã", aqueles olhos eram tudo que o sr. Schaeffer conseguia ver.

"Certo, mister?"

"Amanhã", o sr. Schaeffer respondeu.

As primeiras cores da manhã tocaram as paredes do dormitório, e o sr. Schaeffer, que mal descansara, sabia que Tico Feo estava acordado também. Com os olhos cansados de um crocodilo, observou os movimentos do amigo no catre ao lado. Tico Feo estava desamarrando o lenço em que guardava os seus tesouros. Primeiro, tirou o espelhinho de bolso. A luz de água-marinha tremeluziu no seu rosto. Por um instante, admirou-se com deleite sincero, depois penteou e engomou os cabelos, como se estivesse se preparando para uma festa. Pendurou o rosário no pescoço. Não abriu a colônia nem o mapa. A última coisa que fez foi afinar o violão. Enquanto os outros se vestiam, sentou-se na beira do catre e afinou o violão. Era estranho, pois certamente sabia que nunca mais o tocaria.

O alarido dos passarinhos acompanhou os homens pela névoa dos bosques matinais. Caminhavam em fila indiana, quinze homens em cada grupo e um guarda fechando cada coluna. O sr. Schaeffer suava como se fosse um dia de calor, e não conseguia acompanhar a marcha do amigo, que ia na frente, estalando os dedos e assobiando para os passarinhos.

Haviam combinado um sinal. Tico Feo diria: "Com licença!", e fingiria que procurava uma árvore à parte. Mas o sr. Schaeffer não sabia quando iria acontecer.

O guarda Armstrong apitou, os homens saíram da formação e se dirigiram aos postos de trabalho. O sr. Schaeffer, mesmo empenhado em trabalhar o melhor que podia, cuidou de estar sempre numa posição em que pudesse ver tanto Tico Feo como o guarda. Armstrong se sentou num toco de árvore, com um naco de fumo contorcendo o seu rosto e a arma apontada para cima. Tinha os olhos manhosos de um trapaceiro; não havia como dizer que lado estava vigiando.

Um outro homem deu o sinal. O sr. Schaeffer notou na

hora que aquela não era a voz do amigo, mas o pânico lhe apertou a garganta como uma corda. À medida que a manhã ia passando, seus ouvidos reboavam tanto que teve medo de não ouvir o sinal verdadeiro.

O sol chegou ao ápice. "É só um sonhador preguiçoso. Não vai acontecer nada", o sr. Schaeffer pensou, querendo se convencer. Mas Tico Feo disse: "Vamos comer primeiro", com um ar prático, enquanto se acomodavam com as marmitas acima do riacho. Comeram em silêncio, como se guardassem rancor um do outro; mas, no final, o sr. Schaeffer sentiu a mão do amigo segurando a sua e fazendo uma leve pressão.

"Sr. Armstrong, com licença!"

O sr. Schaeffer vira um eucalipto junto ao riacho e estava pensando que logo seria primavera e que precisariam sangrar o tronco. Uma pedra cortante lhe abriu a palma da mão quando ele deslizou para a água pela margem escorregadia. Aprumou-se e começou a correr; tinha as pernas compridas, quase ultrapassava Tico Feo, e jatos gélidos respingavam ao redor. Volta e meia, os gritos dos homens ressoavam surdamente pelo bosque, como vozes numa caverna, e se ouviram três tiros, todos para cima, como se o guarda mirasse um bando de gansos.

O sr. Schaeffer não viu o tronco atravessado no riacho. Pensou que ainda estava correndo, e as suas pernas se agitaram em vão; o homem caiu feito uma tartaruga virada de costas.

Enquanto se debatia, o rosto do amigo, suspenso mais acima, parecia fazer parte do céu branco de inverno — tão distante e severo. O rosto se deteve um momento apenas, como um beija-flor, o tempo suficiente para o sr. Schaeffer perceber que Tico Feo não queria que ele conseguisse, nem jamais achara que ele conseguiria, e lembrou que, certa vez, pensara que faltava muito para que o amigo se tornasse um homem feito. Quando o encontraram, o sr. Schaeffer ainda estava caído na água rasa, como se fosse uma tarde de verão e ele flutuasse à toa na correnteza.

Desde então, passaram-se três invernos, cada um deles com fama de ser o mais frio, o mais longo. Há pouco, dois meses de chuva abriram sulcos ainda mais fundos na estrada de terra que leva à colônia, e é cada vez mais difícil chegar lá ou sair dali. Um par de holofotes foi instalado nos muros, e ambos ardem a noite inteira como os olhos de uma coruja gigante. De resto, nada mudou. O sr. Schaeffer, por exemplo, ainda é o mesmo, exceto pela mecha mais branca nos cabelos; além disso, por conta de um tornozelo quebrado, ele anda mancando. Foi o próprio capitão quem disse que o sr. Schaeffer quebrara o tornozelo na tentativa de capturar Tico Feo. Uma foto do sr. Schaeffer chegou a sair no jornal, com a legenda: "Tentou evitar fuga". Sentiu-se profundamente humilhado, não porque soubesse que os homens riam dele, mas porque achava que Tico Feo veria a foto. De todo modo, recortou-a do jornal e a conserva num envelope, com outras matérias sobre o amigo: uma solteirona declarou às autoridades que ele entrara na sua casa e lhe dera um beijo; Tico Feo fora visto duas vezes nas proximidades de Mobile; por fim, acreditava-se que ele fugira do país.

Ninguém jamais contestou o direito do sr. Schaeffer ao violão. Alguns meses atrás, um novo prisioneiro foi transferido para o dormitório. Diziam que tocava bem e convenceram o sr. Schaeffer a emprestar o instrumento. Mas as canções do sujeito não saíam direito, como se Tico Feo, ao afinar o violão naquela derradeira manhã, tivesse enfeitiçado as cordas. Agora o violão jaz sob o catre do sr. Schaeffer, onde as contas de diamante estão se encardindo; de vez em quando, à noite, as suas mãos procuram por ele, os seus dedos passeiam pelas cordas; depois, é o mundo.

Memória de Natal

Imagine certa manhã em fins de novembro. Certa manhã num começo de inverno há mais de vinte anos. Tenha em mente a cozinha de uma velha casa espaçosa numa cidade de interior. A peça principal é um belo forno preto; mas também há uma grande mesa redonda e uma lareira com duas cadeiras de balanço em frente. Hoje mesmo a lareira deu início ao seu rugido sazonal.

Uma mulher de cabelos brancos e tosados está parada diante da janela da cozinha. Usa um par de tênis e um suéter cinza sem forma sobre um vestido leve de chita. É baixinha e vivaz como uma galinha garnisé; mas, por conta de uma longa doença na juventude, tem os ombros lamentavelmente arqueados. O rosto é notável — lembra o de Lincoln, marcado como o dele e tingido pelo sol e pelo vento; mas também é delicado, bem desenhado, e os olhos são tímidos e cor de xerez. "Ah", exclama, com o hálito embaçando a vidraça, "é tempo de bolo de frutas!"

Ela está falando comigo. Tenho sete anos; ela tem sessenta e tantos. Somos primos bem distantes e vivemos juntos — pelo menos, desde quando me lembro. Outras pessoas, nossos parentes, moram na casa; e, muito embora tenham poder sobre nós e volta e meia nos façam chorar, em geral não damos muita atenção a elas. Somos o melhor amigo um do outro. Ela me chama de Buddy, em consideração a um menino que foi o seu melhor amigo em outros tempos. O outro Buddy morreu lá por 1880, quando ela ainda era uma criança. Ainda é uma criança.

"Eu sabia antes de me levantar", ela diz, dando as costas à janela com um alvoroço decidido nos olhos. "O sino da prefeitura soou tão frio e claro. E não havia nenhum passarinho cantando; já foram para algum lugar mais quente, foram, sim. Ah, Buddy, pare de se empanturrar de biscoito e vá buscar a carreta. Veja se encontra o meu chapéu. Temos que assar trinta bolos."

É sempre a mesma história: chega uma certa manhã de novembro e a minha amiga, como se inaugurasse oficialmente a temporada de Natal que lhe anima a fantasia e aquece o coração, anuncia: "É tempo de bolo de frutas! Vá buscar a carreta! Veja se encontra o meu chapéu".

Encontra-se o chapéu, um chapéu redondo de palha, enfeitado com rosas de veludo que desbotaram ao ar livre; já pertenceu a uma parenta mais elegante. Juntos, conduzimos a nossa carreta, um carrinho de bebê caindo aos pedaços, para o jardim e para um arvoredo de nogueiras. A carreta é minha, quer dizer, foi comprada para mim quando nasci. É feita de vime, está um tanto surrada, e as rodas cambaleiam como as pernas de um bêbado. Mas é um objeto leal; na primavera, nós a levamos aos bosques e a enchemos de flores, arbustos e samambaias selvagens para os vasos da varanda; no verão, nós a entulhamos com a parafernália de piquenique e as varas de cana e descemos até a beira de um riacho; ela também tem serventia no inverno: como caçamba para carrear lenha do quintal para a cozinha, como cama quente para Queenie, a corajosa terrier branca e laranja que caça ratos e sobreviveu ao mau humor alheio e a duas mordidas de cascavel. Neste momento, Queenie vem trotando ao lado dela.

Três horas mais tarde, estamos de volta à cozinha, descascando um vultoso carregamento de pecãs derrubadas pelo vento. Nossas costas doem de tanto agacharmos para catá-las: foi difícil encontrá-las (o grosso da safra tinha sido chacoalhado das árvores e vendido pelos donos do pomar, que não somos nós), escondidas no meio das folhas, da grama enregelada e traiçoeira. *Craaaque!* Um rangido jovial, estalos de trovão em miniatura ressoam quando as cascas se rompem, e vai crescendo o montículo de polpa doce, oleosa e esbranquiçada na tigela opalina. Queenie quer provar, e de tanto em tanto minha amiga surripia um pedacinho para ela, sempre comentando a falta que esse pouco vai fazer. "Não pode, Buddy. Se a gente começar, não para mais. E o que tem mal dá para o começo. São trinta bolos." A cozinha começa a escurecer. A penumbra transforma a janela em espelho: nossos reflexos se misturam à lua nascente, enquanto trabalhamos à luz da lareira. Por fim, quando a lua já vai alta, jogamos ao fogo a última casca e suspiramos ao vê-la pegar fogo. A carreta está vazia, a tigela está cheia até a borda.

Jantamos (biscoitos, bacon, geleia de amora-preta) e falamos do dia seguinte. Começa nesse dia o trabalho de que mais gosto: as compras. Cerejas e cidras, gengibre, baunilha e abacaxi em lata, frutas caramelizadas, uvas-passas e nozes e uísque e, ah, tanta farinha e manteiga, tantos ovos, especiarias, essências; desse jeito, vamos precisar de um pônei para puxar a carreta.

Mas antes que as compras possam ser feitas, há a questão do dinheiro. Nós dois não temos nenhum. Exceto pelas ninharias sovinas que as pessoas da casa nos dão (dez centavos são considerados um dinheirão); ou pelo que nós mesmos arrecadamos em várias atividades: montando um bazar de velharias, vendendo baldes de amoras-pretas catadas uma a uma, potes de geleia caseira, de gelatina de maçã e compota de pêssego, colhendo flores para funerais e casamentos. Uma vez, ficamos com o septuagésimo nono prêmio, cinco dólares, de um concurso nacional de futebol. Não entendemos nada de futebol. É que simplesmente entramos em todo concurso de que ouvimos falar: no momento, as nossas esperanças recaem no grande prêmio de cinquenta mil dólares oferecido a quem der o melhor nome a uma nova marca de café (sugerimos "A. M.", e, depois de alguma hesitação, pois a minha amiga pensou que talvez fosse sacrílego, acrescentamos o slogan "A. M.! Amém!"). Para falar a verdade, nosso único empreendimento *realmente* lucrativo foi o Museu de Monstros e Milagres, que montamos num telheiro do quintal, dois verões atrás. Os Milagres eram um estereoscópio com cromos de panoramas de Washington e de Nova York, cedidos por uma parenta que estivera nesses lugares (ficou furiosa ao descobrir por que tínhamos pedido emprestados os cromos); os Monstros se resumiam a um pintinho de três patas, chocado por uma de nossas galinhas. Todo mundo na redondeza queria ver o pintinho: cobrávamos cinco centavos dos adultos e dois das crianças. E embolsamos uns bons vinte dólares antes que o museu fechasse devido ao falecimento de sua atração principal.

Mas, de um modo ou de outro, todo ano fazemos nossas economias de Natal, nosso Fundo Bolo de Frutas. Mantemos esse dinheiro escondido numa velha bolsa de contas guardada embaixo de uma tábua solta do piso embaixo do penico embaixo da cama da minha amiga. A bolsa raramente é removida desse lugar seguro, exceto quando fazemos um depósito ou, como acontece todo sábado, um saque; pois aos sábados tenho direito a dez centavos para ir ao cinema. Minha amiga nunca foi ao cinema, nem pretende: "Prefiro ouvir você contar a história, Buddy. Assim posso imaginar mais. Além disso, uma pessoa da minha idade precisa economizar a vista. Quando o Senhor chegar, quero ver tudo direitinho". Além de jamais ter visto um filme, ela jamais: comeu num restaurante, viajou além de oito quilômetros da casa, recebeu ou enviou um telegrama, leu alguma coisa que não fossem os quadrinhos ou a Bíblia, usou maquiagem, praguejou, desejou mal a alguém, mentiu de caso pensado, deixou um cão faminto continuar com fome. E aqui vão algumas coisas que ela fez e faz: matou com uma enxada a maior cascavel (com dezesseis guizos) que já se viu no condado, cheira rapé (em segredo), domestica beija-flores (tente fazer isso) até que venham pousar num dedo, conta histórias de fantasmas (nós dois acreditamos em fantasmas) de dar calafrios no meio do verão, fala sozinha, passeia na chuva, cultiva as camélias mais bonitas das redondezas, sabe a receita de todo tipo de velha poção indígena, até mesmo a de um mágico removedor de verrugas.

Agora, terminado o jantar, vamos nos retirar para o quarto que fica bem nos fundos da casa; é lá que minha amiga dorme, numa cama de metal pintada de rosa, que é a sua cor preferida, e coberta por uma colcha de retalhos. Silenciosamente, chafurdando nos prazeres da conspiração, tiramos a bolsa de contas do esconderijo e espalhamos o conteúdo dela sobre a colcha de retalhos. Notas de um dólar, bem enroladas e verdes como brotos de primavera. Moedas sombrias de cinquenta centavos, pesadas o bastante para fechar os olhos de um morto. Lindas moedas de dez, as mais alegres, as únicas que tilintam de verdade. Moedas de cinco e de vinte e cinco, lisas como pedras de córrego. Mas, na maior parte, um monte odioso de centavos azedos. No verão passado, as demais pessoas da casa nos ofereceram um centavo a cada vinte e cinco moscas mortas. Ah, aquela matança de agosto, as moscas que não subiram aos céus! Mas não foi um trabalho que nos desse orgulho. E agora, contando os centavos, é como se novamente contabilizássemos moscas mortas. Nenhum de nós é bom de números; contamos devagar, nos perdemos, começamos de novo. Segundo os cálculos dela, temos doze dólares e setenta e três centavos; segundo os meus, exatamente treze dólares. "Espero que você esteja errado, Buddy. Não se brinca com o número treze. Os bolos vão murchar. Ou alguém vai parar no cemitério. Meu Deus, por nada deste mundo eu sairia da cama num dia 13." É verdade: ela sempre passa o dia 13 na cama. Assim, por via das dúvidas, subtraímos um centavo e o jogamos pela janela.

Dos ingredientes para o bolo de frutas, o uísque é o mais caro e também o mais difícil de conseguir: as leis estaduais proíbem a sua venda. Mas todo mundo sabe que se pode comprar uma garrafa do sr. Haha Jones. E, no dia seguinte, tendo concluído as nossas compras mais prosaicas, seguimos para o endereço comercial do sr. Haha, um café "pecaminoso" (para citar a opinião pública), onde se dança e se come peixe frito, perto do rio. Já estivemos lá, e na mesma missão; mas, nos anos anteriores, fizemos negócio com a mulher de Haha, uma índia de pele escura feito iodo, cabelos descaradamente oxigenados e aparência exausta. Na verdade, jamais vimos o marido, mas ouvimos dizer que é índio também. Um gigante com cicatrizes de navalha no rosto. É chamado de Haha por ser um homem soturno, que nunca ri. À medida que nos aproximamos do café (uma grande cabana de troncos, enfeitada por dentro e por fora com grinaldas feitas de lâmpadas berrantes, junto à margem enlameada do rio, à sombra de árvores carregadas de um musgo que toma conta dos galhos como uma neblina escura), os nossos passos se tornam mais lentos. Até mesmo Queenie para de saracotear e segue ao nosso lado. Houve gente que morreu no café de Haha. Cortada em pedaços. Um golpe na cabeça. Há um caso que vai para o tribunal na semana que vem. É claro que esses acontecimentos se dão à noite, quando as luzes coloridas projetam sombras fantasiosas e a vitrola geme. Durante o dia, o café de Haha parece derreado e deserto. Bato na porta, Queenie late, a minha amiga chama: "Dona Haha? Senhora? Alguém em casa?".

Passos. A porta se abre. Os nossos corações viram do avesso. É o sr. Haha Jones em pessoa! E ele *é* um gigante; *tem* cicatrizes; e *não* ri. Não, ele nos olha de cara feia, as sobrancelhas satanicamente recurvas, e exige saber: "O que vocês querem com Haha?".

Por um instante, ficamos paralisados demais para responder. Mas logo a minha amiga meio que recobra a voz, ao menos uma voz sussurrante: "Por favor, sr. Haha, gostaríamos de comprar um litro do seu melhor uísque".

Os olhos do índio se retorcem ainda mais. Quem diria? Haha está sorrindo! Rindo mesmo. "E qual de vocês é o bebum?"

"É para fazer bolo de frutas, sr. Haha. É para cozinhar."

Ele volta a ficar sério. Franze a testa. "Isso não é jeito de gastar uísque bom." Mesmo assim, recua para o café sombrio e, segundos mais tarde, reaparece com uma garrafa de bebida sem rótulo, amarelo-margarida. Exibe o brilho à luz do sol e diz: "Dois dólares".

Pagamos com moedas de cinco, de dez e de um. De repente, ao chacoalhar as moedas na mão como um par de dados, o rosto do índio se descontrai. "Vamos fazer o seguinte", ele propõe, vertendo o dinheiro de volta à bolsa de contas, "em vez de pagar com dinheiro, mandem um desses bolos para mim."

"Pois é", a minha amiga comenta no caminho de volta, "que sujeito amável! Vamos colocar uma xícara de passas a mais no bolo *dele*."

O forno preto, repleto de carvão e lenha, brilha como uma abóbora iluminada. Os batedores de ovos rodopiam, as colheres giram em vasilhas com manteiga e açúcar, a baunilha adoça, o gengibre tempera o ar; cheiros que se desmancham e pinicam o nariz, saturando a cozinha, tomando a casa, saindo pelo mundo com as baforadas da chaminé. Em quatro dias o trabalho está feito. Trinta e um bolos, umedecidos com uísque, descansam nas janelas e nas prateleiras.

Mas para quem?

Para amigos. Não necessariamente para pessoas próximas; na verdade, a maior parte foi feita para pessoas que talvez tenhamos visto uma vez, quando muito. Pessoas que caem nas nossas graças. Como o presidente Roosevelt. Como o reverendo e a sra. C. Lucey, missionários batistas em Bornéu que vieram dar palestras aqui no inverno passado. Ou o afiador de facas que visita a cidade duas vezes ao ano. Ou Abner Packer, o motorista do ônibus que chega às seis de Mobile e que troca acenos conosco todo dia, ao passar num turbilhão de poeira. Ou como os jovens Winston, um casal da Califórnia cujo carro, uma tarde, quebrou em frente à nossa casa, e que passaram uma hora agradável conversando conosco na varanda (o jovem sr. Winston bateu uma foto nossa, a única que temos). Será que é porque a minha amiga é tímida com todo mundo, *exceto* com estranhos, que todos esses estranhos e conhecidos casuais parecem ser os nossos melhores amigos? Acho que sim. Além disso, os nossos álbuns com papel timbrado da Casa Branca, mensagens esparsas da Califórnia e de Bornéu e cartões-postais baratos do amolador de facas fazem que nos sintamos enlaçados a esses mundos momentosos que ficam além da cozinha com vista para um céu que nos detém.

Mas agora, em dezembro, um galho pelado de figueira arranha a vidraça. A cozinha está vazia, os bolos se foram;

ontem carreamos os últimos até a agência dos correios, onde o preço dos selos esvazia os nossos bolsos. Estamos falidos. Eu me entristeço, mas a minha amiga insiste em festejar — com dois dedos de uísque no fundo da garrafa de Haha. Queenie ganha uma colherada numa vasilha de café (ela gosta de café forte e com sabor de chicória). O resto dividimos em dois potes de geleia. Ficamos temerosos diante da perspectiva de beber uísque puro, cujo gosto provoca expressões contorcidas e arrepios de amargor. Mas aos poucos começamos a cantar, ao mesmo tempo, cada qual uma canção. Não sei a letra da minha, só sei: "Venha comigo, venha comigo para o baile dos bacanas". Mas sei dançar, e é isto que finjo ser: um sapateador de cinema. Minha sombra dançante evolui sobre as paredes; nossas vozes fazem tremer a porcelana; rimos como se mãos invisíveis nos fizessem cócegas. Queenie rola pelo chão, suas patas escavam o ar, alguma coisa parecida a um sorriso estica seus lábios negros. Quanto a mim, eu me sinto tão quente e faiscante quanto a lenha que desmorona na lareira, tão livre quanto o vento na chaminé. Minha amiga valsa ao redor do forno, com a barra da pobre saia de chita presa entre os dedos, como se fosse um vestido de festa: "Me leve de volta pra casa", ela canta, com o par de tênis guinchando no assoalho. "Me leve de volta pra casa."*

Entram dois parentes. Muito bravos. Poderosos, com olhos que recriminam e línguas que ralham. Ouvimos o que têm a dizer, as palavras martelam uma canção colérica: "Uma criança de sete anos fedendo a uísque! Onde está com a cabeça? Uma criança de sete anos! Ficou maluca? A desgraça começa assim! Lembra da prima Kate? Do tio Charlie? Do cunhado do tio

---

* Trecho de duas canções famosas na época: "Dark-Town Strutters' Ball", de 1917, e "Show Me the Way to Go Home", de 1922. (N. T.)

Charlie? Uma vergonha, um escândalo, uma humilhação! De joelho, reze, vamos, reze ao Senhor!".

Queenie se esgueira para baixo do forno. Minha amiga fixa os olhos nos sapatos, o queixo estremece, ela levanta a saia e assoa o nariz, depois corre para o quarto. A cidade já foi dormir há muito tempo, e a casa está em silêncio, exceto pelo badalar dos relógios e os estalos do fogo moribundo, mas ela continua chorando num travesseiro úmido feito um lenço de viúva.

"Não chore", digo, sentado ao pé da cama e tiritando apesar do meu pijama de flanela que cheira ao xarope antitosse do inverno passado, "não chore", peço, brincando com os pés dela, fazendo cócegas nos dedos, "você é velha demais para isso."

"É que eu sou", ela soluça, "eu *sou* velha demais. Velha e esquisita."

"Esquisita, não. Engraçada. Mais que todo mundo. Escute. Se você não parar de chorar, vai se sentir tão cansada amanhã que não vamos cortar a árvore."

Ela se apruma. Queenie pula para cima da cama (onde não é admitida) para lamber as bochechas da minha amiga. "Sei onde encontrar umas bem bonitas, Buddy. E é azevinho. Com bagas do tamanho dos seus olhos. Fica bem no meio do bosque. Mais longe do que você já foi. Papai nos trazia árvores de lá, ele as carregava no ombro. Isso já faz cinquenta anos. Bem, eu mal posso esperar por amanhã."

De manhã. O orvalho congelado faz a relva brilhar; o sol, redondo feito uma laranja e laranja feito uma lua de verão, pende no horizonte, lustra os bosques prateados pelo inverno. Um peru selvagem grugulha. Um porco desgarrado grunhe no meio do matagal. Logo chegamos à margem de riachos mais fundos e velozes, onde precisamos abandonar a carreta. Queenie é a primeira a vadear, nadando e latindo contra a rapidez da correnteza, num frio de pegar pneumonia. Nós a seguimos, levantando os sapatos e o equipamento (uma machadinha, um saco de aniagem) acima da cabeça. Mais um quilômetro e meio de espinhos de doer, ouriços e sarças que prendem nossa roupa, folhas de pinheiro, pontudas e com ferrugem, fungos coloridos e plumas soltas. Aqui e ali, um relance, um alvoroço nos lembram que nem todos os pássaros voaram para o sul. O caminho se desenrola entre poças amarelo-limão de sol e túneis escuros de trepadeiras. Um outro córrego a cruzar: uma armada irrequieta de trutas pintadas remexe a água ao redor, e sapos do tamanho de um prato treinam mergulhos de barriga; castores trabalhadeiros constroem um dique. Na outra margem, Queenie se sacode e estremece. A minha amiga está tremendo também, não de frio, mas de entusiasmo. De uma das rosas esfarrapadas do chapéu cai uma pétala quando ela levanta a cabeça e aspira o ar tomado pelo cheiro dos pinheiros. "Estamos quase lá, dá para sentir o cheiro, não dá, Buddy?", ela diz, como se nos aproximássemos do oceano.

E, de fato, é uma espécie de oceano. Acres aromáticos de árvores de Natal, azevinhos de folhas pinicantes. Framboesas rebrilham como sinetas de porcelana, corvos negros se precipitam aos berros sobre elas. Tendo enchido nossos sacos de aniagem com galhos e bagas para enfeitar uma dúzia de janelas, passamos a escolher uma árvore. "Ela deve ter", minha amiga pondera, "o dobro da altura de um menino. Para menino nenhum roubar a estrela." Escolhemos uma com o dobro da minha altura. Um belo e bravo brutamontes que resiste a trinta golpes de machadinha antes de vergar e quebrar com um estalo. Arrastando-o como uma presa, começamos a longa jornada de volta. A cada tantos metros abandonamos a luta, sentamos e ofegamos. Mas temos a força de caçadores triunfantes; isso e o perfume gélido e viril da árvore nos reavivam e nos tocam adiante. Muitos cumprimentos acompanham nosso retorno crepuscular pela estrada de terra roxa, rumo à cidade; mas minha amiga é escorregadia e evasiva quando os transeuntes elogiam o tesouro empoleirado na nossa carreta: que bela árvore, de onde veio? "Daqueles lados", ela murmura vagamente. A certa altura, um carro para, e a mulher rica e preguiçosa do dono da usina se inclina para fora e gane: "Dou vinte e cinco por essa árvore aí". Em geral, minha amiga tem medo de dizer não; mas desta vez sacode prontamente a cabeça: "Nem por um dólar". A mulher do dono da usina persiste. "Um dólar, nem pensar! Cinquenta centavos. Última oferta. Que é isso, mulher, você consegue outra." Em resposta, minha amiga pondera gentilmente: "Duvido. Não há duas coisas iguais neste mundo".

Em casa, Queenie desaba junto ao fogo e dorme até o dia seguinte, roncando alto feito um homem.

Um baú no sótão contém: uma caixa de sapatos com estolas de arminho (da pelerine usada em noites de ópera por uma senhora esquisita que certa vez alugou um quarto na casa), emaranhados de lantejoulas esfarrapadas e amarelecidas pelo tempo, uma estrela prateada, uma fieira curta de lâmpadas com aspecto de doces, desencapada e certamente perigosa. Decorações excelentes, na medida do possível, o que não é muita coisa: a minha amiga quer que a árvore resplandeça "que nem uma janela de família batista", arriando sob a neve ornamental. Mas não temos dinheiro para os esplendores *made in Japan* da loja de bagatelas De modo que fazemos o que sempre fizemos: sentamos por dias e dias à mesa da cozinha com tesouras e lápis e resmas de papel colorido. Desenho os moldes e minha amiga corta: montes de gatos e também de peixes (são fáceis de desenhar), algumas maçãs, algumas melancias, uns poucos anjos alados, feitos do papel-alumínio que embala as barras de chocolate Hershey. Usamos alfinetes de segurança para prender essas criações à árvore; como toque final, salpicamos os galhos com algodão desfiado (colhido em agosto com esse propósito). Minha amiga, examinando o efeito, aperta as próprias mãos. "Diga a verdade, Buddy. Não dá vontade até de comer?" Queenie tenta comer um anjo.

 Depois de trançar e decorar guirlandas para todas as janelas, nosso próximo projeto é preparar os presentes para a família. Lenços tingidos para as mulheres; para os homens, um xarope caseiro de limão, alcaçuz e aspirina, a ser tomado "aos primeiros sintomas de resfriado ou após uma caçada". Mas, quando chega a hora de preparar os nossos próprios presentes, minha amiga e eu nos separamos para trabalhar em segredo. Eu gostaria de comprar para ela uma faca de cabo perolado, um rádio, meio quilo de cerejas cobertas de chocolate (certa vez, provamos algumas, e desde então ela jura: "Eu poderia viver só disso, Buddy, meu Deus, como eu poderia — e isso não é usar o nome Dele em vão"). Em vez disso, estou fazendo uma pipa. Ela gostaria de me dar uma bicicleta (já disse em milhares de ocasiões: "Se ao menos eu pudesse, Buddy. Já é ruim ter que viver sem alguma coisa que *a gente* quer; mas, arre, o que me tira do sério é não poder dar a alguém uma coisa que a gente quer que *o outro* tenha. Mas um dia desses eu consigo, Buddy. Vou arranjar uma bicicleta para você. Não me pergunte como. Roubando, quem sabe"). Em vez disso, tenho quase certeza de que ela está fazendo uma pipa para mim — como no ano passado e no retrasado: antes disso, trocamos estilingues de presente. O que para mim está muito bom. Somos mestres da pipa, estudamos o vento feito marinheiros; a minha amiga, mais experiente do que eu, consegue levantar uma pipa quando a brisa mal remexe as nuvens.

 Na véspera de Natal, juntamos cinco centavos e vamos ao açougue comprar o presente tradicional de Queenie, um osso carnudo. O osso, embrulhado em papel de presente, é posto no alto da árvore, perto da estrela prateada. Queenie sabe que está bem ali. Ela se senta ao pé da árvore, olhando para cima num êxtase famélico: quando chega a hora de dormir, ela se recusa a arredar pé. Sua agitação só tem igual na minha. Chuto os cobertores e reviro o travesseiro como se esta fosse uma noite escaldante de verão. Em algum lugar, um galo canta, fora de hora, pois o sol ainda está do outro lado do mundo.

"Buddy, está acordado?" É a minha amiga, chamando do seu quarto, contíguo ao meu; num instante, está sentada na minha cama, segurando uma vela. "Pois é, não consigo pregar o olho", declara. "Minha cabeça fica pulando feito uma lebre. Buddy, você acha que a sra. Roosevelt vai servir nosso bolo no jantar?" Nós nos aconchegamos na cama, e ela aperta a minha mão com carinho. "A sua mão já foi tão pequenina. Não acho graça em ver você crescer. Quando você for grande, ainda vamos ser amigos?" Eu digo que sempre seremos. "Mas estou me sentindo tão mal, Buddy. Queria tanto dar uma bicicleta para você. Tentei vender o camafeu que papai me deu. Buddy", ela hesita, "fiz outra pipa para você." Então confesso que fiz uma para ela também; e rimos. A vela já está pequena demais para aguentar. Logo se apaga, dando vez à luz das estrelas, às estrelas que rodopiam na janela como uma cantoria visível que a madrugada silencia devagar, devagar. Provavelmente dormitamos; mas o raiar do dia nos desperta como um banho de água fria: pulamos da cama, de olhos acesos, andando de cima para baixo, esperando que os outros acordem. De caso pensado, minha amiga derruba uma chaleira no chão da cozinha. Eu sapateio diante das portas fechadas. Um a um, todos da casa emergem, com ar de que gostariam de nos matar; mas é Natal, não há jeito. Primeiro, um belo café da manhã: com tudo que se possa imaginar, de panquecas a esquilo frito, de canjica a favo de mel. O que deixa todos de bom humor, com exceção da minha amiga e de mim. Francamente, estamos tão ansiosos pelos presentes que não comemos nem um bocado.

Bem, acabo me desapontando. Quem não ficaria desapontado? Um par de meias, uma camisa para a escola dominical, alguns lenços, um suéter de segunda mão e uma assinatura anual de uma revista religiosa para crianças, O *pastorinho*. É de ferver o sangue. É mesmo.

Minha amiga tem mais sorte. Um saquinho de tangerinas japonesas é seu melhor presente. Mas ela fica orgulhosa mesmo é de um xale branco de lã, tricotado pela irmã casada. Ela *diz*, porém, que prefere a pipa que fiz. Ela *é* bonita mesmo, mas não tão bonita quanto a que ela fez para mim, azul e pontilhada de estrelas de honra ao mérito verdes e douradas; além do mais, leva meu nome pintado em cima: "Buddy".

"Buddy, tem um vento soprando."

O vento está soprando, e não há quem nos impeça de correr até um pasto mais para baixo da casa, para onde Queenie disparou a fim de enterrar o osso (e onde, no próximo inverno, Queenie será enterrada também). Ali, mergulhando na relva viçosa que chega à cintura, empinamos as pipas, sentimos como beliscam o fio como peixes-voadores, nadando no vento. Satisfeitos, aquecidos pelo sol, nós nos esparramamos na relva e descascamos tangerinas, observando as piruetas das pipas. Logo esqueço as meias e o suéter de segunda mão. Sinto-me feliz como se já tivéssemos levado o grande prêmio daquele concurso da marca de café.

"Meu Deus, como sou boba", minha amiga exclama, subitamente alerta, como uma mulher que lembra tarde demais dos biscoitos no forno. "Sabe o que eu sempre pensei?", ela pergunta em tom de descoberta, rindo não para mim, mas para alguma coisa mais longe. "Sempre pensei que é preciso estar doente e quase à beira da morte para ver o Senhor. E eu pensava que, quando Ele viesse, seria como olhar para uma janela de batista: bonito feito um vidro colorido contra a luz, tão brilhante que nem se nota que está escurecendo. E era um consolo pensar naquele brilho tirando toda sensação medonha. Mas agora aposto que não é desse jeito. Aposto que, bem no fim, a gente descobre que o Senhor já se mostrou. Descobre que as coisas, do jeito que são", a mão faz um círculo, num gesto que recolhe as nuvens e as pipas e a relva e Queenie jogando terra em cima do osso, "do jeito que a gente sempre viu, já eram uma visão Dele. Eu, por mim, poderia partir deste mundo com o dia de hoje nos olhos."

É o nosso último Natal juntos.

A vida nos separa. Aqueles-que-sabem-o-que-é-melhor decidem que o lugar certo para mim é uma escola militar. E assim começa uma sucessão miserável de prisões a toque de clarim, penosos acampamentos de verão sob o jugo da alvorada. Tenho um novo lar também. Mas esse não conta. Meu lar fica onde a minha amiga está, e para lá eu nunca vou.

E lá ela fica, circulando pela cozinha. Só ela e Queenie. Depois, só ela. ("Querido Buddy", ela escreve, com a letra rebelde e difícil de ler, "ontem o cavalo do Jim Macy acertou feio na Queenie. Graças a Deus, ela não sofreu muito. Então a enrolei num lençol bonito e a levei na carreta até o pasto do Simpson, onde ela pode ficar com todos os ossinhos dela...".) Por mais alguns novembros a minha amiga continua a assar os bolos de frutas, sozinha; já não são tantos bolos, só alguns; e é claro que ela sempre me manda "o melhor da fornada". Além disso, em toda carta ela enfia uma moeda de dez centavos embrulhada em papel higiênico: "Vá ao cinema e me conte a história". Mas aos poucos ela começa a me confundir nas cartas com o seu outro amigo, o Buddy morto na década de 1880; cada vez mais, o dia 13 não é o único que ela passa na cama; chega certa manhã em novembro, certa manhã de um começo de inverno sem folhas nem pássaros, em que ela não consegue mais se levantar para dizer: "Ah, é tempo de bolo de frutas!".

E sei muito bem quando é que isso acontece. Uma mensagem a respeito só confirma a notícia que alguma veia secreta já recebera, cortando uma parte insubstituível de mim mesmo, soltando-a feito uma pipa de fio partido. É por isso que, caminhando pelo terreno da escola nesta manhã de dezembro, vasculho o céu. Como se eu esperasse ver, como dois corações, um par de pipas voando direto para o paraíso.

1ª EDIÇÃO [2005] 5 reimpressões

ESTA OBRA FOI COMPOSTA POR OSMANE GARCIA FILHO EM ELECTRA E
IMPRESSA EM OFSETE PELA GRÁFICA BARTIRA SOBRE PAPEL PÓLEN BOLD
DA SUZANO S.A. PARA A EDITORA SCHWARCZ EM FEVEREIRO DE 2025

A marca FSC® é a garantia de que a madeira utilizada na fabricação do papel deste livro provém de florestas que foram gerenciadas de maneira ambientalmente correta, socialmente justa e economicamente viável, além de outras fontes de origem controlada.